プロローグ

波乱に満ちた滞在を経てマクファーレン邸を後にし、そこからピートの実家を経由しての帰省旅行の終盤。賑《にぎ》やかな旅を締《し》め括《くく》る最後の滞在先として、オリバーたち八人はガイの生まれた家を訪れていた。

「――お兄ちゃんヴィネガー取って！」「おい、ひとりで食い過ぎだぞクリフ！」

「なんでさ！　いっつも早いもの勝ちじゃん！」「ばか！　今日はお客さんいるでしょ！」

「はいはい、行儀よくしなガキども！　メシならいくらでも出してやるから！」

八人と共に食卓を囲むガイの弟妹たちが元気よく声を交わし、そこへ重ねて母の怒鳴り声が響く。その間にも浮遊するフライパンは次々と台所から出来上がった料理を運び、混ざらなければそれでいいとばかりに卓上の大皿へどかどかと盛り付けていく。放り置けば山を成す勢いだが、食べ盛りの魔法使いの子供たちの食欲はそれに負けていなかった。見ているだけで腹がいっぱいになりそうな光景に、半ば圧倒されてピートが呟《つぶや》く。

「……なんていうか。予想通りだな、オマエの家」

「うるせぇだろ。適当にあしらっていいぜ」

「……ふふっ……」

「どうした？　シェラ」

「新鮮ですの。兄妹《きょうだい》でこんなに賑《にぎ》やかに食卓を囲むなんて、マクファーレンの家ではまずありませんから」

素朴な家庭料理を味わいながら楽しそうにシェラが言い、オリバーがその横顔をちらりと見やる。――彼女の母親にさんざん振り回された記憶は全員にとって新しいが、その一方でシェラの兄弟姉妹と顔を合わせることはなかった。やや立場が特殊なステイシーを除けば話題に出たことも少ない。名家の嫡子であるが故の事情、彼女に特有の孤独がそこにあるのだろうとは察しながらも、オリバーはまだ踏み込めずにいる。

「美味《うま》いだろ？　田舎料理でも素材は最高さ。なにせ隣の畑で今取ってきた野菜だからね」

「……ン。足りなければ、まだまだ作る」

賑《にぎ》やかなガイの母と並んで寡黙な父親が隣に立ち、肘から先の動きが見えないほどの手際《てぎわ》で食材を処理しながらぼそぼそと言う。椅子にのけ反ったガイが呆《あき》れたようにそちらを見やる。

「もうちょい愛想《あいそ》良くしろよな親父《おやじ》。せっかく息子が友達連れて来たんだぜ？」

「……ン、すまん。……ギター弾くか？」

「弾かなくていいっての。なんで下手なくせに聞かせたがるかね」

肩をすくめて姿勢を戻すガイ。その隣で子供たちに負けじと食事に熱中していたナナオだが、ふいにローブの袖が横からくいくいと引っ張られる。フォークを止めてそちらを向くと、まだ四～五歳と思《おぼ》しき男の子がじっと彼女を見つめていた。

「む？　どうしてござるか、弟殿」

「呪文おしえて」

幼い口調でまっすぐ求めを口にする。ガイが椅子を回してそちらへ向き直る。

「おまえにはまだ早ぇってのコリン。最初の杖《つえ》だってまだなんだろ？」

「でも、ぼくも早くキンバリー行きたい」

「だーめ」

そこに声が割り込む。幼い息子のお腹《なか》に腕を回して、母がその体を後ろから抱き上げる。

「あんな物騒なとこに行かせるのはウチからひとりでたくさん。どうしても行きたきゃ立派に育って私とたっぷりひと月ケンカするんだね。お兄ちゃんはそうしたんだから」

それを聞いた瞬間、ガイを挟んでナナオの反対側にいたカティがえ、と声を上げる。

「……ガイも、反対されたの？　キンバリー受けるの」

「ん？　あー、まぁな。何回か忘れるくらいには取っ組み合ったぜ」

「当然だよッ。なんで農家の跡取りがよりにもよってあんなとこに行かなきゃならないのさ」

「何度も言ったろ、おれは今んとこ古代種とか絶滅種に興味があんの。キンバリーの他にいくつあるよ？　希少な種子やら化石やらを大量に持ってて、しかもそれを生徒に触らせてくれる学校なんてよ」

「ふん。音を上げたらすぐ言いな。転校届ならいつだって準備してるんだからね」

「お生憎《あいにく》、今さら逃げ出しゃしねぇさ。……ダチがいなけりゃ危なかったけどな」

最後にぼそりと言い添えるガイ。その姿に母が盛大にため息をつき、隣の友人を見やる。

「頑固なとこばっかり親に似て。……よろしく頼むよ、オリバーくん。君の言うことはよく聞くみたいだからね、こいつも」

「え？」

「手紙読んでりゃ分かるよ。仲の良さも、尊敬の度合いも、他にも色々とさ」

「おい、お袋！」

ガイが慌てて椅子から腰を浮かす。微笑《ほほえ》むシェラの隣でピートが口を開く。

「照れなくていいだろ別に。オマエがオリバー大好きなんてことはみんな知ってる」

「おまえがそれ言うかよ、ピートぉ……」

「拙者も大好きでござるぞ！」

ナナオが対抗するように手を挙げて主張する。その様子にガイの母がくすりと笑う。

「それこそ見れば分かるよ。あんたらと来たら出来立てほやほやで湯気を上げてる料理みたいなもんさ。部屋、別に用意するかい？」

「いいえ全く構いなく」

「テレサちゃん……即答は尊敬するよ……」

テーブルの片隅で声を上げた少女をカティが羨望《せんぼう》の目で見やる。そうして続く団欒《だんらん》を天井近くの視点から眺めて、マルコもまた穏やかに微笑《ほほえ》んでいた。

第一章

来訪者《ビジター》

剣花団の面々が正式に上級生となって迎える新年度。入学式を終えたキンバリーの講堂には改めて生徒が集まり、演壇に立つ校長が鋭い瞳でその顔ぶれを見下ろしていた。

「傾聴。――新年度の開始に当たり、教員の人事に変更がある」

前置きを挟まず本題へ移る。今回の召集は強制ではないにせよ時間の貴重さに変わりはなく、集まりが長引くことは誰も望まない。そもそも例年なら掲示板を介した通達のみで済ませるところであり、今年に限ってそれが変わったのは学校側に理由があった。校長の口から改めて説明を要する、即《すなわ》ち校内情勢に大きな変化があるということである。

「魔法生物学担当のバネッサ＝オールディス、呪術担当のバルディア＝ムウェジカミィリが異端狩りの現場へ出向。この二名に消息不明の天文学担当デメトリオ＝アリステイディスを加えた三人に代わり、校外から三人の魔法使いが臨時教員として赴任する」

生徒たちが一斉にざわつく。教師の人事に変更があるという噂《うわさ》は彼らにも伝わっていたが、それがバネッサとバルディアの二名であることは今明かされ、さらにデメトリオの現状が「失踪」と断言されたのも初めてだった。そして説明の中に含まれた「異端狩り」の一語――これらを合わせて考えれば、生徒側でも突然の人事の背景についておおよその想像は付く。

「あくまで一時的な配置であり恒久的なものではない。それを踏まえて新教員を紹介する。──三名、前に出ろ」

校長に促された三人が演壇の裏手から姿を現す。ひとりは妙に憔悴《しょうすい》した面持ちの中年男性、ひとりは背筋のびしりと伸びた黒い肌の女性、最後のひとりは輝くような美貌を持つ性別不詳の人物。とりわけ華美なローブに身を包んだ三人目に生徒たちの視線が吸い寄せられる。単に見た目が整っているというレベルではないと誰もが直感していた。

「ハ、ハハァ……どうも、生徒のみんなァ……。これから魔法生物学を担当するマルセル＝オジエだよォ……。いちおうキンバリーのOBだから君たちの先輩でもあるねェ……。在学中はバネッサ先輩によくいじめられてさァ。彼女ほど怖くはないから安心してねェ……」

ひとり目の男性が手を挙げて力のない声で挨拶する。バネッサの代わりとは思えない弱々しさだが、キンバリーの教師を第一印象で判断することには何の意味もない。ひとまず顔と名前を把握した上で、生徒たちはふたり目の女性に視線を移す。

「呪術担当ゼルマ＝ヴァールブルク。ウム、さすがはキンバリー生だ、皆良《い》い顔をしている。マルセルと同じく私もここのOGだが、ムウェジカミィリと違って私は厳しくいく。覚悟するように」

にっと笑ってふたり目の女性が名乗る。服装から声、表情に至るまで自然に人を惹《ひ》き付《つ》ける風格があり、それが彼女もまたバルディアとは違うタイプの呪者であることを示していた。

彼女の顔と名前も記憶した上で、生徒たちの興味は最後のひとりに集中する。が、性別不詳のその人物は黙したまま一向に口を開かない。怪訝《けげん》に思った生徒たちが校長を見上げると同時に、彼女の側からも声が上がった。

「……何をしている。早く自己紹介を済ませろ、ファーカー」

「おお失礼。黙っていれば君が紹介してくれるのかと思って」

わざとらしく驚いてみせながら本人がようやく口を開く。その時点で生徒たちは驚愕《きょうがく》した。あの校長を面と向かってからかっている。そんな蛮勇を示す人物を彼らはセオドール以外に知らない。それも彼のほうは旧知の仲という関係あってこそだ。

が、同時に別の驚きもまた生徒たちを攫《さら》っていた。たった今校長が口にした名前。オリバーの背後に立っていたピートが身を乗り出し、それに誰よりも激しく反応する。

「……ファーカー⁉」

「ピート、落ち着け」

オリバーが小声で背後の友人を宥《なだ》める。その間に、問題の人物は生徒たちの耳を優しくくすぐるような声で話し始めた。

「天文学担当のロッド＝ファーカー。三代目の〈大賢者〉と名乗ったほうが通りがいいかな？　教職に就くのはかれこれ百二十年ぶりだから実にワクワクしているよ。あの〈無知の哲人〉の後釜に僕を引き当てるなんて、君たちは何とも贅沢《ぜいたく》者だ」

くすくすと笑ってファーカーと名乗った人物が言う。それは同時に性別についての説明も兼ねていた。誰もが判じかねるのは当然で、目の前の相手は男でも女でもない。双方を任意に行き来する特殊体質——即《すなわ》ち ピートと同様の両極往来者《リバーシ》の魔法使いなのだ。

「前のふたりと違って僕はキンバリーの出じゃない。だからここの流儀に合わせるつもりもない。ただ——約束しよう。僕の教え子には最大限の寵愛《ちょうあい》をもって接し、ひとり残らず魔道の高みへ導くと。重ねて言おう。ひとり残らず、だ」

自信に満ちた声でそう宣言する。内容に反して聴く側に少しも誇張を感じさせない、それはどこまでも自然な振る舞いだった。大言に見合うだけのものがこの魔法使いにはある。誰もがそう直感し、同時に多くの者は〈大賢者〉への予備知識によってその感覚を裏付けてもいた。

生徒たちの注目を一身に集めつつも、長々と語ることはせずにファーカーは口を閉ざす。そこで校長も視線を前に戻し、改めて口を開いた。

「臨時教員の紹介は以上だ。正規の教員が揃《そろ》うまで、当面は彼らの下で学ぶように。——解散」

新たな教師の存在に後ろ髪を引かれながら生徒たちが講堂を去った後。同じ空間の脇に控えていた錬金術の担当教師テッド＝ウィリアムズは、その両目でまっすぐにファーカーの横顔を見据えていた。視線に気付いた本人がふっと笑って顔を向ける。

「……そんなに睨《にら》まないでくれよ坊や。心配しなくても、君の授業に口を挟んだりはしないさ。鍋をかき混ぜるのはとっくにやり尽くしたからね」

語りかけながら歩み寄る。とっさに後退《あとずさ》りたがる足でテッドは懸命に踏《ふ》み止《とど》まった。その感覚を彼はよく知っている。圧倒的な格上を前にした時にかき鳴らされる無意識からの警鐘だ。

「もっとも、君のほうに用があるなら話は別だ。――僕に師事してみるかい？」

「――ッ――」

両手を広げて誘うファーカーを前にテッドの気が遠くなる。手足の感覚すら希薄になり、いっそ何も考えずに首を縦に振りたい衝動が胸の奥からこみ上げる。だが――意識がそれに溺れる前に、小柄な背中が彼を守って立ち塞がった。

「その辺にしといてくださいよ〈大賢者〉さん。こいつは根が真面目でね、色々考えすぎてちょっとピリピリしてんだ。別にアンタに文句があるわけじゃない」

箒《ほうき》術担当教師のダスティン＝ヘッジズがきっぱりと告げる。テッドのように揺さぶられないのは、ある一面において相手の格に対抗し得ている証拠だ。小さな体に見合わぬ存在感に目を細めてファーカーが微笑《ほほえ》む。

「久しいね、魔法空戦の英雄くん。前の現場で顔を合わせて以来だけど――なんだ、相変わらずいい面構《つらがま》えじゃないか。教え子の記録更新からすっかり腑《ふ》抜けたと聞いていたのに」

「そのまま腑抜《ふぬ》けてられりゃ良かったんですが。そんな場合でも無くなっちまってね」

「なるほど、気合いを入れ直したというわけか。背中の二本はその表れかな？」

そう指摘したファーカーがダスティンの背中へ視線を移す。杖剣《じょうけん》と白杖《はくじょう》とはまた別に、そこには二本の長物が斜めに背負われていた。一方は彼の愛箒《あいそう》、もう一方は鞘《さや》に収まった長尺の杖剣《じょうけん》――俗に言う討竜刀だ。魔法空戦を本分とするダスティンにとっての正装であり、それは同時にキンバリーの現状を踏まえて臨戦態勢に入った彼の姿勢を示してもいる。テッドの要請に応じて「表会議」に加入したダスティンの覚悟に他ならなかった。

この状態の彼には同じキンバリーの教師ですら安易に喧嘩《けんか》は売れない。ファーカーにとってもそれは例外とならず、〈大賢者〉は両手を上げて不戦の意を示しながらやっと一歩下がった。

「まぁまぁ、そう警戒しないでくれ。今のはほんの茶目っ気さ、今後は仲良くやろう。同じ学校で教える者として、ね」

そう言ってテッドにウィンクすると、ファーカーは身をひるがえして去っていく。成り行きを見守っていた他の教師たちも続けて講堂を去り、そこでテッドは大きく息を吐いた。激しく肩を上下させる同僚に歩み寄り、ダスティンがそこに手を置く。

「――大丈夫かよ、テッド」

「……………どうにか。なんて魅了《チャーム》だ。吸い込まれるかと思った……」

正直な心情をそう呟《つぶや》く。最弱を自認するとはいえ彼もキンバリーの錬金術教師、魅了《チャーム》への耐性はそこらの魔法使いよりも遥《はる》かに強固だ。が、その備えをしても〈大賢者〉の吸引力には抗《あらが》い難《がた》かった。無論あれが本気であるはずもなく、本人の言葉通り軽くからかったに過ぎないのだろう。

抗し得たとはいえ脅威の認識はヘッジズも同じだった。ファーカーが去っていった講堂の扉を睨《にら》んで、彼は厳しい面持ちで口を開く。

「校長の息がかかってねぇ一枠にとんでもねぇのが来やがったな。……気ィ引き締めろよ、テッド。俺は卜占《ぼくせん》はやらねぇがこいつだけは断言できる。――今年度は去年以上に荒れるぞ」

講堂を出て校舎に戻った後。予想もしない邂逅《かいこう》に興奮冷めやらぬまま、ピートは呟《つぶや》き続けていた。

「――本物だ……！　あのロッド＝ファーカーが教員に……！」

「興奮するのは分かる。だが一旦冷静になれ、ピート」

肩に手を置いて穏やかな声で友人を宥《なだ》めつつ、オリバーはシェラへと視線を向ける。

「……どう見る？　シェラ」

「校長の采配ではありませんわね、間違いなく。穴埋めの人材にしては明らかに異様です。異端狩りの名前も出ましたし、何らかの意図をもって捻じ込まれた人物と見るべきでしょう」

「探りに来たってことか？　キンバリーの中を……」

「異様に美しい御仁にござったな。人というよりも、むしろ化生じみた……」

本人の印象を思い返しながらナナオが呟《つぶや》く。その冷静さと見比べて、ピートの興奮状態には軽い魅了《チャーム》の影響もあるとオリバーは思った。長らく書物に記された名前のみで知っていた憧れの人物を目《ま》の当《あ》たりにする喜び——そうした心の動きは時に魅了《チャーム》を施す上で格好の隙となる。が、すでに半ばその影響下にある相手にそれを自覚させるのは難しい。慎重に言葉を選びつつ、オリバーは友人の肩を摑《つか》んだ。

「聞いてくれ、ピート。——あれはキンバリーの外から来た魔人だ。今までの教師は恐ろしくはあってもここのルールを踏み外すことはなかった。だが、あの人は……おそらく違う」

最大限の警戒を込めて忠告する。が、それで熱が冷めることはなく、ピートは肩に置かれた手を苛立《いらだ》たしげに振り払った。

「油断しなければ済む話だろ、そんなのは。……どうして悪い方向にばっかり捉えるんだオマエら。仮にキンバリーと異端狩り側で何か揉《も》めてるとしても、ボクたちには直接関係ない話じゃないか」

「関係はある。あの人がロッド＝ファーカーだからだ。君も知っているはずだぞピート、両極往来者《リバーシ》の血統は九割があの家系に取り込まれていると。その意味で、君はまさに当事者だ」

届かぬ言葉に危機感を募らせながらオリバーが語り続ける。が、それにピートはますます眉根を寄せた。魅了《チャーム》の影響だけではない複雑な反発がそこに滲《にじ》んでいた。

「……それこそ好都合だ。〈大賢者〉とコネを作るきっかけになる。僕にとってはまたとない好機じゃないか」

「ピート！」

見かねたシェラが鋭く声を挟む。一概に間違いとは言えないまでも、その認識は余りにもロッド＝ファーカーという魔法使いを甘く見過ぎている。どれほど判断に慎重を期したとしても、あれほどの魅了《チャーム》を持つ相手と長く接すれば自我そのものを歪《ゆが》められかねない。両極往来者《リバーシ》の大半を取り込んでいる現状もその結果だろうとシェラとオリバーは予想していた。つまりは近付くことそれ自体がリスクなのだ。

続く忠告をふたりが口にする前に、ピートは自分から仲間たちへ背を向けた。

「ボクは勝手にやらせてもらう。……もう四年生なんだぞ。いい加減うんざりだ、オマエらの保護下で甘やかされるのは」

それを耳にした瞬間、反発の根底にあるのはその想《おも》いだったと誰もが気付く。強い拒絶を示す背中に追いかけようとした五人の足が止まる。今は何を言ってもますます意固地にさせるだけ――そう察してしまえば、もはや彼らには去っていく友人を見つめることしか出来なかった。

同じ日の深夜、迷宮一層の隠し工房。顔ぶれも新たに居並ぶ同志たちの君主《ロード》として、オリバーは今年度最初の会議に参加した。

「――皆も承知だな。いきなり厄介なことになった」

前年から引き続き場を取り仕切るグウィンが開口一番に告げる。彼とシャノンは卒業と同時に呪術関連の職員枠としてキンバリーに着任しており、その立場はすでに生徒ではない。が、この場での役割は今までと同じだ。オリバーが目的を達成する上での障害と成り得るものは見逃さず、何であれ速やかに対策を講じなければならないが――この時は誰もが判断に悩んだ。

「……バネッサ先生とバルディア先生が校外に出されたのは、まぁ想定のうちなんだけどね。デメトリオ先生の後釜に〈大賢者〉が来るなんて誰も想像しなかった。っていうか、この人事を図らったのはどこの誰？　異端狩り本部ってそこまで校長に喧嘩腰《けんかごし》だったっけ？」

「目下不明だ。おそらく〈五杖《ごじょう》〉の誰かが後押ししたのだろうが、ファーカーは命令を受けて動くようなタイプでもない。異端狩りの動員命令ですら余程状況が切羽詰まった時以外は無視するような人物だ。奴《やつ》自身にここを訪れた目的があると見るべきだろう」

「だとすれば大図書館の禁書の類か、教師の誰かの研究か、あるいは……」

価値を踏まえて妥当なところから推測する同志たち。と、その中からひとりの女生徒が手を挙げて発言する。

「分かりやすいのがひとつある。――四年にひとりいたよね？　両極往来者《リバーシ》の子」

同志たちが重く頷《うなず》く。オリバーは当然として、それはすでに誰もが思い浮かべている名前だった。グウィンが言葉を引き取って続ける。

「……ピート＝レストンだな。確かに、真っ先に繋《つな》がるのはそこだ。ファーカーの家は両極往来者《リバーシ》の血統を積極的に囲い込んでいる。ロッド＝ファーカーを襲名出来るのも両極往来者《リバーシ》の魔法使いに限られるというのは有名だ」

「よその家に取られる前に唾つけとこうってこと？　……いちおう筋は通るけど、それだけのためにキンバリーで教師やるかなぁ。あの人そんなに暇じゃないでしょ。少なくともご本人が来る必要はないと思うんだけど」

同志のひとりが首をかしげる。その分析もまた至極妥当だとオリバーも思った。ピート＝レストンを引き抜くだけが目的なら明らかに時間と手間が掛かりすぎる。仮にそれを果たしたところで、一度キンバリーに赴任した以上はそう簡単に役目を降りることは出来ない。そのような務めの放棄はキンバリーに対する重大な背信であり侮辱だ。

莫大《ばくだい》な借りを作る程度では済まないだろう。キンバリーの現状を踏まえてもほぼ確実に校長を敵に回す。それはいかに〈大賢者〉とて望むところではないはずであり――だからこそ、現状はさらに不可解なものになる。

「いずれにせよ、今の段階で当てが付けられる動機はそれだけだ。校長の采配ですらない以上、あれは余りにも得体が知れん。それでいて格としてはキンバリーの教師どもに劣らんとくれば、これほど扱いに悩む相手も他にない」

「つまりは様子見しかないってことね。……こんな状況じゃ次の標的に誰を狙うかも決められない。それ以前に、まず私たちがボロを出さないように気を付けないと」

「ああ……。だが、ピート＝レストンの監視については問題ないだろう。幸いにも君主《ロード》が懇意にしている相手だ」

その言葉を受けた同志たちの視線がオリバーに集中する。今の時点ではそれが妥当な采配だと彼にも分かっていた。重く頷《うなず》いた従弟《おとうと》へ向けて、グウィンは重ねて警戒を促す。

「〈大賢者〉に魅せられて取り込まれた者は数え切れん。最大限注意しろ、ノル。友人についても、もちろんお前自身も」

「……ああ。分かってるよ、従兄《にい》さん」

応じて瞼《まぶた》を閉じる。元より油断は露ほどもない。君主《ロード》としての責任に加えて、そこには掛け替えのない友人の身の安全が懸かっているのだから。

デメトリオ＝アリステイディスとの死闘を振り返る時、オリバーはいつも真っ先に考える。

——最終的な結果はともかく、あの戦いは内容的にはこちらが負けていた、と。

仇敵《きゅうてき》の分魂でもあった今は亡《な》き友人、ユーリィ＝レイクの助けがあったからこそ土壇場《どたんば》で状況をひっくり返せた。その種を蒔《ま》いたのは自分であると同時にデメトリオ自身でもあり、それらは「運が良かった」の一言で済ませるには余りにも数奇な経緯ではあるだろう。が――戦略に組み込んでいなかった要素が決定打になった点に違いはなく、言い換えればそれは、元々のプランでは勝利に届かなかったということに他ならない。

そこを踏まえて、残る仇《かたき》は四人。いずれを狙うにせよ、デメトリオよりも容易《たやす》い敵ということは決してない。故に、このまま挑めば負けるだろうとオリバーは思う。ユーリィに助けられたような幸運は二度望めない。である以上、実力差に応じた順当な敗北が待つだけだ。

そんな頃合いで現れた〈大賢者〉がさらにオリバーを悩ませる。新たな脅威であるのか、あるいは奇貨として利用し得るのか。どう手を打つにせよ、まずは相手の出方を見なければ始まらない。新年度の授業の開始から間もなく、それを測るための最初の機会がオリバーに訪れた。

「――さてさて。どうしようかな」

生徒たちの視線が集中する中、かつてはデメトリオが立っていた演壇で、彼よりもひと回り小柄なファーカーが呟《つぶや》く。あの〈大賢者〉がどんな授業をするのかと誰もが興味津々《きょうみしんしん》だったが、蓋を開けてみれば当の本人がそれを決めあぐねている風だ。前から二列目のピートを常に視界に収めつつ、生徒のひとりとして不自然がない程度にオリバーが観察を続ける。

「悪いね、教師なんてやるのは久しぶりでさ。どう振る舞ったものかてんで分からない。なんで、今日のところは雑談でもしながら頭を解《ほぐ》させてくれるかい。君たちの顔と名前も早く憶《おぼ》えたいからね」

気さくな調子でそんなことを言われて、身構えていた生徒たちは肩透かしを食《く》らう。使命感の強かったデメトリオと比べるとずいぶん呑気《のんき》な姿勢だ。そんな感想を抱く彼らの前で、ファーカーは腕を組んで瞼《まぶた》を閉じる。

「しかし、あのアリスティディス君がねぇ……。誰の仕業か知らないけど大したもんだよ。彼とは気が合わなかったけど魔法使いとしては尊敬していた。ああ、これはすごくレアなことだよ。片手の指で数え切れるくらいしか他人を尊敬したことないから、僕」

不遜ながらも前任への敬意を示すその内容に、軽い反発を覚えかけていた生徒たちがひとまず心の矛を収める。その功績に加えて真摯な人柄もあり、長らくキンバリーで教鞭《きょうべん》を執ってきたデメトリオを慕う生徒は少なくない。彼らの神経を逆撫《さかな》でする前にフォローを添えたのは賢明だとオリバーも思ったが、問題なのはそこから先だ。続く言葉を待つ生徒たちの前で、ファーカーが教壇の横に軽く背中を預ける。

「ここの物騒さは知っているよ。呪文の撃ち合いや暴力沙汰は校舎でも当たり前。地下迷宮ではそれがなお酷《ひど》くて、授業でさえ平気で手足が吹っ飛ぶような環境なんだって？　まったく可哀《かわい》そうに。そんな場所で学びを強いられている君たちには心から同情するな」

オリバーが目を剝《む》いた。フォローを入れたかと思えば、直後にあからさまな言動で挑発してきた。もちろんキンバリーの教師とくれば不遜も理不尽も標準装備だが、それも生徒たちに相応の格を示した上での話である。手札を明かさぬまま見下される不満に生徒たちが眉根を寄せる中、その心情を代表した少年がすっと手を挙げた。

「リチャード＝アンドリューズです。──失礼ながら。キンバリーの校風に対して異論をお持ちですか？　ファーカー先生は」

率直にそう尋ねる。ありがたい質問だ、とオリバーは内心でリチャードに感謝した。探っている印象を強めないためにも発言は極力後に回したい。物怖《ものお》じせず自分を測るリチャードに軽く目を向けて、教壇にもたれたままのファーカーが悠然と答える。

「異論かい。──うん、あるね。僕が校長ならこんな学校にはしない。もっと安全な環境で君たちを育てると断言出来るよ。もちろん魔道学府としての質は少しも落とさないままにね」

生徒たちが一斉に息を呑《の》む。キンバリーの校風への批判どころか、それはもはや教育者としての校長個人への批判だ。外から訪れた臨時教師の立場で、あまつさえ授業の場で行っていい言動では断じてない。この人の首は果たして明日まで繫《つな》がっているのか──生徒たちがそんな懸念《けねん》を覚え始める中、ファーカーはあくまでもゆったりと言葉を続ける。

「ここにもそういう動きはあると聞くよ。去年卒業した学生統括がそれを推し進めたとも。ふふ──そうなると、僕はいいタイミングで来たのかもしれないね。君もそう思わないかい？　Mr《ミスター》．アンドリューズ」

「……僕には何とも」

必要最低限の相槌《あいづち》に留《とど》めたアンドリューズが目を伏せる。今の会話で相手が予想以上の恐れ知らずだということはオリバーも見て取ったが、そうなるとますますここを訪れた目的が摑《つか》めない。――まさか本気で内部からキンバリーに喧嘩《けんか》を売ろうとでもいうのか？　三人の教師の失踪に業を煮やした異端狩り本部が血迷って愚策に打って出たとでも？

「なんだか話が小難しくなってしまったね。よし、ここらで体を動かして気分転換しようか。――**組み変われ**《デフォルマテイオ》！」

ファーカーの詠唱に応じて机と椅子が動き出し、慌てて立ち上がった生徒たちの足元の床に収納されていく。さらに背後では壁そのものが下降して隣の部屋との仕切りを取り払った。それ自体は教室に備わる設備なので驚くに当たらない。が――自ら作り出した広い空間の中に踏み出すと、ファーカーは両腕を広げて言ってのけた。

「鬼ごっこ《タッチアンドタッチ》だ。僕を捕まえられた子にはそれだけで単位をあげよう。代わりに僕におでこを触られた子はそこで名乗ってね。別にそれで脱落ってわけじゃないけど、早くちゃんと名前を覚えたいからさ」

「え……？」「……はぁ？」

「呪文はありにする？　なしにする？　僕は使わないからどっちでもいいんだけどね。君たちが同士討ちで怪我《けが》すると良くないだろ」

気遣いの皮を被《かぶ》せた再度の挑発。ここでついに生徒たちの間にも敵意が滲《にじ》み始め、その中でひとりの女生徒がすっと手を挙げる。長い前髪で両目を隠した同学年きっての剣豪のひとり、ジャスミン＝エイムズだ。

「……失礼ながら、先生。この場にいるのはキンバリーの四年生でございます。逃げ場の多い外ならいざ知らず、この限られた空間内で、呪文もなしに全員から逃げ切ると？」

「当然じゃないか。誰に訊《き》いてるつもりだい。僕は〈大賢者〉だよ？」

肩をすくめてファーカーが言ってのける。最後の確認を済ませたエイムズが軽く頷《うなず》く。

「承知しました。――お分かりですね。舐められてございますよ、皆様」

彼女の言葉に応じた生徒たちが一斉に身構えた。彼らの視線を一身に受けたファーカーが笑顔で両腕を広げ、

「うん、いい気合いだ。それじゃ――スタート！」

ぱぁん、と小気味良く掌《てのひら》を打ち鳴らす。同時に生徒たちが床を蹴った。迫る彼らと反対方向へ後退したことでファーカーの背中にはすぐさま壁が迫るが、〈大賢者〉はそのまま後ろ歩きに壁面を進み始めた。生徒たちもそれは当然に予測済みであり、先頭を走る者から同様の技術でもって後を追う。

「おお、全員当たり前に踏み立つ壁面《ウォールウォーク》は覚えているんだね。さすがは音に聞こえたキンバリー生。実戦技術の習得は抜群に早いってわけか」

感心を込めてファーカーが呟《つぶや》く。そこへ先陣を切ったロッシが足運びで三重のフェイントを挟んで飛び掛かった。相手の胸板へ伸びた指先が空を切り、その額をとん——と軽い衝撃が叩《たた》く。

「……チ……！」

「君のはクーツの足運びだね。我流の崩れが目に付くけどキレは悪くない。方向転換時の重心制御を意識するともっと良くなるよ。名前は？」

「トゥリオ＝ロッシ！　けどな、ボクはここから尻上がりやで！」

額を触られたロッシが即座に方向転換して追跡を再開する。彼から逃れて壁を登ったファーカーの足取りがついに天井へと達し、〈大賢者〉はそのまま平然と上下逆さまに進み始めた。生徒たちが舌打ちする。踏み立つ壁面《ウォールウォーク》の難易度は大幅に上がるが、そうなれば彼らも追いかける他にない。先行するふたりの仲間に続いて、自己領域内に投影した虚像と共にミストラルが相手の背中へと迫り——その額を、ファーカーの指先が軽く迎えて押し返した。

「……ク……！」

「君は幻影が得意なのかな？　領域魔法でそれなら呪文を使えばさぞ賑《にぎ》やかだろうね、また今度見てあげるよ。名前は？」

「……畜生め。……ロゼ＝ミストラル……！」

名乗ったミストラルが踏み立つ壁面《ウォールウォーク》を維持できずに天井から落下する。彼の着地を待たず、新たに三人の生徒が「化ける床面《ゴーストグラウンド》」による並行した動きでファーカーへと仕掛けた。応じて翻《ひるがえ》る〈大賢者〉のローブ。天井すれすれを薙《な》いだ脚に踵《かかと》をすくわれたふたりが床へ落下し、残るひとりの女生徒が指先でぴたりと額を押さえられる。

「…………！」

「いい連携だ。ただ、君の動きに他ふたりが合わせきれてないのが惜しい。さては身内を甘やかしてしまう性質かな？　ふふ、気持ちは分かるよ。名前は？」

「……ジャスミン＝エイムズと申します。甚だ不本意ながら」

渋々と名乗ったエイムズが踏み立つ壁面《ウォールウォーク》を自ら打ち切って落下、猫じみた姿勢の反転を経て床へと着地する。その姿を見送ったファーカーが続けて天井でぐるりと回りを見渡した。――当然ながら、少ない人数で突っ込んでいく者ばかりではない。先行したロッシたちが相手をしている間に布陣を組み、他の生徒の大半はすでに〈大賢者〉を全周から天井で囲っている。

「きっちり包囲してきたね。うん、抜け目がない」

「「潰せ！」」

当座の指揮を執ったアンドリューズとオルブライトが同時に叫び、それに応じた数十人があらゆる角度から獲物へと殺到する。これは決まった、と誰もが思う。もはやファーカーがどれほど人間離れした動きをしようと逃れるスペース自体がない。相手が踏み立つ壁面《ウォールウォーク》を打ち切るパターンに備えて床にも生徒が待ち構えているという徹底ぶりである。

が、その襲撃に対してどんな回避動作も取らぬまま。彼らの目の前で、ファーカーの踵《かかと》がどん、と天井を突いた。

「「「「「「――!?」」」」」」

靴底がふっと天井を離れ、ファーカーの周りの生徒たちが為《な》す術《すべ》なく床へと落下していく。離れた壁から状況を見守っていたオリバーがその光景を分析して目を細めた。――技術の未熟さを突かれた。自分を中心とした天井の一帯へ魔力を流して属性をかき乱し、以《もっ》て生徒たちに踏み立つ壁面《ウォールウォーク》の維持そのものを困難にしたのだ。無論ファーカー自身は微動だにしていない。

「天井に立つ」動作ひとつ取っても技術のレベルがまるで違う。

「何度でも登ってきて構わないよ。僕は気前がいいんだ。チャンスが一回キリなんてケチ臭いことは言わないからさ」

呆然《ぼうぜん》とする生徒たちを逆さまに見下ろすファーカーの微笑《ほほえ》み。この時点で彼らも悟った。――ここから先はひたすら、相手の影を追い続ける時間になることを。

予想がついに覆《くつがえ》されることのないまま、そうして時間だけが過ぎ去った。

「――ふむ、ふむ？　ふむふむふむ？」

天井に立つ〈大賢者〉が興味深げに唸《うな》る。鬼ごっこが始まった当初と比べて、教室の中を動く生徒の姿は大幅に少ない。踏み立つ壁面を維持しながらの立ち回りは消耗が激しく、すでに生徒の大半は限界を迎えて床で荒い息を吐いていた。が、少数ながら例外もいる。ファーカーの視線はその数少ない面々へと向いていた。

「この時点で天井での踏み立つ壁面《ウォールウォーク》を維持出来ているのが七人か。思ったより多くて驚いたよ。体の動かし方に限れば、君たちがこの学年のトップ層ってわけかな」

悠然と腕を組んで賞賛を与え、ファーカーは同じ天井に立つ顔ぶれを順番に見回す。

「ここまで来れば誰が誰かも分かるよ。君がナナオ＝ヒビヤ、君がミシェーラ＝マクファーレン、君がジョセフ＝オルブライト、君がユルシュル＝ヴァロワ。Mr.《ミスター》アンドリューズとMs.《ミズ》エイムズはもう名乗ったから当然だね。Mr.《ミスター》ロッシはお疲れ様、ムキにならなければ君も残ってたのは分かるから安心していいよ」

全員を名指ししつつ、頭上の床に大の字で寝そべった汗だくのロッシにもフォローを入れる。無理もないとオリバーは思った。長丁場を予測して適宜休憩を挟んでいた自分たちに比べて、彼は最初から全力でファーカーを追い続けていたのだから。

先に名前を挙げた六人を経て、やがて〈大賢者〉の両目がまっすぐオリバーを捉える。

「そして、君がMr.《ミスター》ホーン。……君はとても慎重だね。ついに一度も僕におでこを触らせてくれなかった。何となくだけど、Ms.《ミズ》ヒビヤとMs.《ミズ》マクファーレンがあまり積極的じゃなかったのも君の計らいかな？」

「…………」

指摘を受けたオリバーが沈黙で応じる。……鬼ごっこの開始から今まで、目に見える形での指示は仲間に一度も出していない。こちらを分析する材料を少しでも与えたくなかったからだが――その程度の備えなど、〈大賢者〉の眼《め》の前《まえ》では無に等しかったらしい。

「そんなに僕に触られたくない？　別に警戒しなくていいのに。僕は君たちの敵じゃないよ、むしろ最高の味方だ。早くそれを分かってもらいたいなぁ――」

ファーカーが口元をつり上げて天井を歩き出し、迫るその姿にオリバーたちが身構える。今までは曲がりなりにも「鬼ごっこ」であり、ファーカーはあくまで彼らに追われる側だった。だからこそオリバーも距離を置いて冷静に観察出来たのだ。が、その立場がひとたび逆転すれば――。

張り詰めた空気を割って教室に鐘の音が鳴り響く。授業の終わりを告げるそれと同時に、ファーカーの全身が放つ妖しい引力がふっと消えた。

「――けど、今日は時間切れみたいだね。……安心しなさい、単位はあげられないけど全員の顔と名前は憶《おぼ》えた。君たちはもう誰もが羨む〈大賢者〉の教え子さ」

艶《あで》やかに笑ってそう告げたところで、ファーカーは踏み立つ壁面《ウォールウォーク》を打ち切って床へと降り立つ。そのまま教室の出口へと去っていく背中を眺めたところで、最後まで粘っていた生徒たちの緊張も一気に解けた。

「……無念でございます……」

「ミンー！」「しっかりしろー！」

「………」

「ああ、ミストラルが！」「頑張りすぎてまた死んでる！」

着地に回す余力もなく落下したエイムズの体をふたりの仲間が床で受け止め、半ば気絶してうつ伏せに倒れていたミストラルもまた友人たちが介抱する。その様子を横目で眺めてくすりと笑うファーカーの足取りが、カティ、ガイと共に体力の限界を迎えて座り込んでいたピートの横へと差し掛かる。

「……あ――」

「――――」

追ってピートが視線を向けるも、それを一顧だにせず〈大賢者〉が通り過ぎる。あっけなく閉ざされた扉を前にこぶしを握り締めるピートから距離を置いた背後で、体力を回復したロッシが大の字の姿勢から身を起こした。

「……バケモンやな、あれ。動きの練り込みのケタが違うわ。あの次元は教師の中にもそうおらん。たぶんガーランド先生とかセオドール先生と同じレベルやで」

「ああ……。しかも、こちらに触れて来たのはカウンターの時だけだ」

「積極的に追われていれば誰も残ってはいまい。忌々《いまいま》しいがな」

床に降りて並んだアンドリューズとオルブライトが各々《おのおの》の所感を告げる。去年の決闘リーグ決勝でオリバーたちと鎬《しのぎ》を削った強豪、純粋《ピュア》クーツの使い手ユルシュル＝ヴァロワがその傍《かたわ》らを通り過ぎる。

「……反省会なら～……勝手に～やって～……。……私～……もう行く～……」

「あ、ユルシュル様――」「お待ちを……！」

足早に去る彼女を疲労困憊《ひろうこんぱい》の従者ふたりが慌てて追いかける。他の生徒たちも気持ちを切り替えて動き出す中、無言のまま立ち尽くすピートの背中に、オリバーがそっと歩み寄る。

「ピート――」

「心配しなくても、後を追ったりしない！」

彼が肩に乗せかけた手を振り払ってピートが教室を出る。その背中を複雑な表情で見つめるオリバーの隣に、歩み寄ったシェラとナナオが静かに並ぶ。

「……ピートには取り立てて興味を見せませんのね、今のところ。それで少しも油断は出来ませんが」

「正に幻妖。逃げ水を追うが如《ごと》き難行にござった」

ファーカーの印象をそれぞれに述べるふたり。それを受けてオリバーも重く頷《うなず》く。

「俺も同じ感想だ。……が、キンバリーに教師として来ている以上、それは驚くに当たらない。俺が気になったのはあの人の言動だ。ああも堂々とここの校風を批判してみせるとは……」

そう言って目を細める。異端狩りから派遣された立場に〈大賢者〉の名声を加えて考えても、あの振る舞いは命知らずと言わざるを得ない。同意を込めてシェラが頷《うなず》く。

「測りかねますわね、あれが真意なのかどうか。仮にそうだとしても、どこまで本気なのか

――」

第二章

オブセッション
愛執

ある早朝のこと。眠りの中にあったガイは、体を揺さぶられる感触でふと目を覚ました。

「――ガイー。ちょー、起きてよー、ガイー」

間延びした声に急《せ》かされて身を起こす。ガイが寝ぼけ眼をこすりながら顔を向けると、ルームメイトであるヨナタン＝イェリネクが困ったような面持ちでベッドの脇にいた。入学当初から数えて三年来の付き合いになる同居人。剣花団の面々とは比べられないにせよ、適度な距離感のまま良好な関係を保っている相手だ。

「……んぁ？　どした、もう時間か？」

「まだだけどー。なんかさー、鉢植えがさー。変ー」

そう言ったヨナタンが窓際《まどぎわ》を指さす。そこにはガイが生育中の鉢植えがいくつか並んでいたが、ひとつだけ他から大きく距離を開けた場所に、それも魔法陣で念入りに囲って置かれているものがある。青黒い幹から絡《から》み合《あ》って伸びた枝の先に真っ赤な実をひとつ付けたそれは、かすかに蠢《うごめ》く枝の様子とも相まり、他の植物とは一線を画する禍々《まがまが》しさを帯びてそこにあった。

「……もう実を付けたのかよ。一気に育ったな、また」

「大丈夫ー？　こっち伸びてきたりしないー？」

「……ヘタに触んなきゃ大丈夫だ。血ィやってるおれ以外はな」

そう答えたガイが枕元の杖剣《じょうけん》を手に窓辺へと歩み寄り、刃で浅く切った指先を鉢植えの上へと運ぶ。ぽたぽたと土を打った赤い雫《しずく》がたちどころに黒い土へ吸い込まれ、異形の植物は歓喜を表すかのように激しく全身を波打たせた。眺めたガイが鼻を鳴らす。見た目に多少の悍《おぞ》ましさはあるが、危険な植物の飼育に慣れた彼にとってそれは大した問題ではない。頭をよぎるのはむしろ、目の前のそれが自分にもたらされた経緯。忘れ得ない昨年度の出来事だった。

絶滅危惧種の育成を始めとしたいくつかの成果から、魔法植物学におけるガイ＝グリーンウッドの実力は同学年に広く知れ渡っている。が――それに次いで優れた成績を収めている科目が何であるか、はっきりと認知している生徒はさほど多くない。

「心の準備はいいかな？　今日はみんなに、呪者の領分へ一歩踏み出してもらうよぅ」

呪術の担当教師バルディア＝ムウェジカミィリの嗄《しゃが》れ声が響き渡る。いつもは屋内の教室で執り行われる授業だが、この日は屋外の実習スペースに生徒たちが集められていた。キンバリーの授業に慣れてくると、その理由にも大方見当は付く。重ねて、バルディアの背後にぎっしりと並んだ動物の姿がそれを裏付ける。

「今までの授業では呪詛《じゅそ》の性質とその伝達経路を始め、呪いにどう対処するかを教えてきたよぅ。……けど、これはまだ魔法使いの一般教養に過ぎない。それはみんな分かるよねぇ。

呪者とそれ以外の魔法使いを分かつ一線はただひとつ——自分の内に容《い》れた呪詛《じゅそ》を力として扱えるかどうか。きみたちは今まで、呪いを受けたらそれをどう解くかだけ考えてたよねぇ？けど、ここからは逆。どう親しむかを考えてもらうよぅ」

そう告げた共にバルディアが杖《つえ》を振る。すると獣たちが一斉に動き出して実習スペースへと入り込み、同数の生徒たちの前に一頭ずつ並んで止まった。ガイがその姿をじっと観察する。山羊《やぎ》に類する魔獣だが、呼吸は荒く両目は淀《よど》んで血走り、混じり気のない乳白色だった毛並みは歪《いびつ》な斑《まだら》に染まっている。呪いを帯びた個体であると一目で判《わか》った。

「見ての通り、バナちゃんから譲ってもらった微睡山羊《ドラウジーゴート》に呪詛《じゅそ》を行き渡らせたもの。みんなには今からこの子たちを一頭ずつ殺してもらって、そこから呪詛《じゅそ》を受け取ってもらうよぅ。今日はひとまず呪いを容《い》れた状態で落ち着いていられれば及第点。初日は特に個人差が大きいんだよぅ。余裕のある子には追加で簡単な課題もあげるから言ってねぇ」

告げられた課題の内容。それを受けて、ガイの隣に立つ友人たちが険しい表情で呟《つぶや》く。

「……カティが来なかったのは正解だな」

「ええ。彼女には無理でしょう、これは」

「拙者も気は進み申さぬが……糧《かて》を得るための殺生《せっしょう》と思えば、どうにか」

眉根を寄せながらもオリバーとシェラ、ナナオにはまだしも余裕がある。呪詛《じゅそ》の扱いで重要となる自己制御を高い水準で修めている自覚があるからだ。呪術と相性のいいガイもそれは同様で、彼らは自《おの》ずと残るひとりの友人へ注意を向ける。本人にも苦手の自覚はあり、ピートの顔からはやや血の気が引いていた。

「準備はいい？　苦しめて殺してもいいけど、そうすると呪詛《じゅそ》の制御がさらに難しくなるよぅ。今日のところはスパッと済ませるのがおすすめだなぁ。あ、もちろん最後はわたしがぜんぶ引き取ってあげるから安心してねぇ。それじゃ――はい、始めて」

教師の合図が下り、ほぼ同時にガイが先陣を切った。白杖《はくじょう》を抜いて迷わず微睡山羊《ドラウジーゴート》の頭部にかざす。実家で同様の経験がある分、用いる呪文にも意念《イメージ》にも悩みはしない。

「……痺れ果てよ《インペディエンドム》！」

思い切った出力で呪文を放つと、それを頭に受けた微睡山羊《ドラウジーゴート》が一瞬で絶息して倒れ込む。脳そのものを強く麻痺《まひ》させる形での速やかな安楽死だ。それを見届けたバルディアがにぃと笑って口を開く。

「やさしーねぇ。きみのご実家でもそうしてるのかな？」

「杖《つえ》をもらってすぐに教わりましたよ。親の口癖でね、命を頂く相手を無駄に苦しめんなって」

ため息交じりにガイが言う。その姿を見て頷《うなず》き合い、残る四人の友人たちも同じやり方で後に続いた。彼らの様子を見守っていたガイの足元で、彼が殺《あや》めた微睡山羊《ドラウジーゴート》の亡骸《なきがら》からじわりと朧《おぼろ》げな何かが滲《にじ》み出す。

「……来たな……」

覚悟を決めて呪詛《じゅそ》を待つ。一拍置いて全身に流れ込んできた疼痛《とうつう》混じりの違和感を、ガイは努めて拒むことなく受け入れる。彼が早々に受容を済ませていると、少し遅れて友人たちにも同じものが流れ込んでいった。それぞれに集中してその制御に取り組んでいくが、

「……う……！」

容《い》れた呪いを持て余したピートの膝が揺れる。すぐさまそこへ歩み寄ったガイが、その肩をがしりと摑《つか》んで支える。

「力抜け、ピート。下手にどうにかしようとすんな。意識だけしっかり保って、後は感じることに集中してろ」

「……あ、あぁ……」

肩に感じる体温から少しずつ落ち着きを取り戻し、それからピートもまたアドバイスに従って身の内の呪詛《じゅそ》と向き合う。同時に制御を済ませた他の三人も安定しつつある彼の様子を眺めてほっと安堵《あんど》の息をつき、そこでガイはふと教師に顔を向けて問う。

「この死体もらってっていいすか、先生。どうせなら解体しておれのメシにしますんで。――ナナオはどうだ？　食ったほうがすっきりするんじゃねぇの？　おまえも」

「是非にも！」

話を振った友人が即答で手を挙げる。微笑《ほほえ》んで頷《うなず》き返し、ガイは再び教師へ向き直る。

「だそうです。あと、追加の課題ってのもよければ」

「……ふふ。もちろんだよぅ」

バルディアが鷹揚《おうよう》に許可を出す。教え子がしばしば見せる物好きな振る舞い。それを咎《とが》めるでもなく呆《あき》れるでもなく、彼女はいつも愛おしむように眺めるのだった。


「――調子どう？　ガイくん」

授業を終えたガイが仲間と別れ微睡山羊《ドラウジーゴート》の屍《しかばね》を担《かつ》いでひとり廊下を歩いていると、周りから人気《ひとけ》が絶えた瞬間にふと背中へ声がかかった。独特の嗄《か》れ声を聞き間違いようもなく、彼は振り向いて相手と向き合う。さっき言葉を交わしたばかりの呪術の教師だ。

「ぼちぼちっすよ。何すか、バルディア先生。授業なら今後もしっかり取り組みますけど」

「うふふ、知ってるよぅ。きみはとっても優秀だもの、最初から」

ガイの気さくな返事にバルディアがくすくすと笑う。禍々《まがまが》しさの中に童女のあどけなさを残すその表情を眺めながら、だいぶ慣れたな、とガイは自分で思う。昔ならこの距離まで近付けば呪詛《じゅそ》の気配に中《あ》てられて嘔吐《おうと》していたところだ。今は多少気を張るだけで世間話程度の時間は耐えられる。

「呪者にも色んなタイプがいるけど、大らかで気の長い子はやっぱり向いてるなぁ。それは受け止めた呪いに付き合う度量と限りなくイコールだからねぇ」

「嬉《うれ》しいっすけど。褒めても何も出やしませんよ」

「そういう何気ない返事だけでじゅうぶん嬉《うれ》しいんだよぅ。少ないからねぇ、わたしとふつうに話してくれる子」

寂しさを滲《にじ》ませてバルディアが呟《つぶや》く。返す言葉に迷うガイだが、それも察したように彼女のほうから言葉を続ける。

「可愛《かわい》いきみといくらでもお喋《しゃべ》りしたいけど、あんまり気を揉《も》ませるのもなんだし本題に入るよぅ。——ちょっと状況が変わってねぇ。来年度のキンバリーにわたしがいられるかどうかが怪しくなってきたんだぁ」

「……なんすかそれ」

「詳しくは話さないし探らないほうがいいよぅ。単にわたしが一年くらい学校を空ける可能性があるってことだけ把握しておいてねぇ。……でも、そうなると、留守の間にダヴィド先生にきみを取られちゃいそうじゃない？」

戸惑うガイの前で嫉《ねた》ましげに唇を尖《とが》らせた後に、バルディアはにぃと口元をつり上げる。

「だから、えこ贔屓《ひいき》の前貸し。——お手々出して？」

ガイが息を呑《の》んで手を差し出す。黒衣の内側から白い手がぞろりと伸び、その中に握られていた小さなものをひとつ彼の掌《てのひら》に落とした。それを見つめたガイが眉根を寄せる。植物質の固い皮に包まれたそれが何であるかは一目で分かった。

「……種……？」

「きみに呪術の魅力を伝えたいと思ってねぇ。わたしの呪いをほんの少しだけ貸してあげる。ふふ、きみにも扱いやすいように植物に込めておいたよぅ」

「何をどうすりゃいいんすか、これ」

「きみの血を混ぜた土に植えて育てて。ひと月くらいで『実』を付けるようになるから、それを収穫して懐《ふところ》に忍ばせておくといいよぅ。いざって時に必ず役に立つと思うな」

説明を受けたガイが押し黙り、バルディアがその周りをぐるぐると歩き出す。

「手っ取り早く力が欲しいでしょ？　きみは。その点で呪術は魔法植物よりもずっと話が早い。最初から他者を害するためだけにある技術だからねぇ」

「……けど、おれは呪者には……」

「なりたくないんでしょ？　分かるよぅ、呪いを帯びると人付き合いや植物の扱いにも影響が出ちゃうもんね。けど、それも扱いが上手《うま》くなればどうにだって誤魔化せるし――何より、不便さとのトレードオフで得られる力をきみはまだ知らない。決めるのは確かめてからでも遅くないと思うなぁ」

言葉を聞くにつれて心理的な抵抗がどんどん弱まっていくのをガイは自覚する。何事につけ本質をダイレクトに伝えたがる者が多いキンバリーの教師陣にあって、バルディアは外堀を埋める手間を惜しまない。今までもずっとそうだったのだとガイは思った。年単位の時間をかけて自分を「馴《な》らした」上で、彼女はこの勧誘に及んでいるのだと。

「そんなに困らず気軽に試せばいいよぅ。今のお友達に呪者はいないんでしょ？　だったらきみが扱いを覚えておけば何かと便利じゃない。大切な子が呪詛《じゅそ》を受けた時に助けてあげられるかもしれないよぅ？」

「…………」

「ふふ。心配しなくても、その呪いは貸しただけ。わたしがキンバリーに戻ったらきっちり回収するし、仮にわたしに何かあっても他の先生がどうにか出来るレベルだよぅ。なし崩しできみを呪い漬けにしたりはしない。さすがにそのくらいは信用してくれるよね？」

上目遣いにそう問われれば、ガイにはもう頷《うなず》く他にない。「呪者という一点で彼女を毛嫌いしない」というのは彼が最初の授業から強く意識しているスタンスであり、それはガイの人格が本質的に持つ器の大きさでもある。手に握り込んだ「種」を彼がポケットに収めると、バルディアはにっこり笑ってガイの前に立った。

「受け取ってくれたね。じゃあ話はこれでおしまい。……ところできみ、ずいぶん溜《た》まってるねぇ」

「……？　何がですか？」

「溜《た》まってると言えばそれはひとつだよぅ。うーん、何だろうなぁ。ただしてないだけじゃこうはならない。すごく可愛《かわい》がってるけど手が出せない相手でも身近にいるのかなぁ？」

そう言ったバルディアが顎に人差し指を当てて首をかしげる。数秒困惑していたガイだが、やがて何を言われているのか気付くと一気に赤面して顔をそむけた。初々《ういうい》しい反応にバルディアがくすくすと笑う。

「惜しいなぁ、きみがいっぱしの呪者ならわたしがすっきりさせてあげるのに。呪いを分けながら交わるのってすごく気持ちいいんだよぅ？　同じ泥の中に融《と》け合って沈んでくみたいでさ」

「……余計なお世話ですよ……！　つーか露骨過ぎませんか、色々と！」

「うふふ。きみだって来年度からは上級生だし、わたしの扱いも相応になるってことだよぅ。……でも、勘違いしないでね。誰にだってこんなこと言うわけじゃないよぅ？」

そう言いながらバルディアが大きく踏み込む。硬直するガイの懐《ふところ》で、彼女はすんすんと鼻を鳴らす。

「いつもお日様の匂いがするよね、きみは。……わたし、これ大好き。キンバリーだと同じように感じる子も多いんじゃないかな。……きみに甘えられる子《こ》が羨ましいなぁ」

「…………」

何も言えずにガイが黙り込む。……薄々自覚はあった。学年が上がるほどに闇が濃さを増すキンバリーという場所で、自分のようなタイプは逆に珍しいのだと。カティが癒《いや》しを求めてくっついてくるのも、オリバーが自分の傍《そば》で安らいだ顔をするのも、おそらく理由は同じ。

「でも——同じ暗がりに沈んで来てくれたら、その時はもっと愛せる。……覚えておいてね、ガイ君」

最後にそう言い残したバルディアが身をひるがえし、廊下の角を去っていく小さな背中をガイが見送る。……呪者に似つかわしく、最後の言葉だけは呪いそのものだった。

「……くそ。危ういのは分かってんのに——嫌いになれねぇんだよな、どうにも」

寂しげな面影を思い出したガイががりがりと後頭部を掻《か》き毟《むし》る。それを背後から眺めていたヨナタンが、戻ったベッドでごろりと寝返りを打つ。

「悩みが多そうだねー、ガイはー。あんまり溜《た》め込まないほうがいいよー」

「だから溜《た》まってねぇっての！」

「何でそこで怒るのー。ぼくもうちょっと寝るからさー、出る前に起こしてー」

そう告げたヨナタンが布団《ふとん》にくるまって目を閉じる。途端に静かになった部屋の中、呪いを孕《はら》んでかすかに蠢《うごめ》く鉢植えを見つめて、ガイは長い長いため息を吐いた。

校舎で午前の授業を終えて「討議の間」で寛《くつろ》ぎ始めると、ガイは自分が四年生になったことを改めて自覚する。初々《ういうい》しい新入生たちを含む下級生で賑《にぎ》やかだった「友誼《ゆうぎ》の間」に比べて、上級生の空間であるここは落ち着いた雰囲気だ。もっともそれは血気が衰えたわけではなく、単に「いつでも杖《つえ》を抜いて殺し合いに応じられる」気構えが完成したに過ぎないのだが。

「――ガイ！　ちょっとこれ見て！」

切り分けたガレットを黙々と口に運んでいたガイが、ふいに背後から勢いよく抱き着かれた。下級生の頃とまるで変わらない元気さのままカティがそこにいる。着実に存在感を増しつつある胸の膨らみをうなじに押し付けられて眉根を寄せるガイだが、本人はそんなことは少しも気にせず彼の前で書籍を開いてみせた。

「……おお。どした」

「ここ。ここのところの記述、前に読んだ本とけっこう違うの。形態変化が分岐する要因は単純な魔素濃度だけじゃないみたい。わたしの直感だとこれは――」

「どうしたんだ？」

と、そこに遅れてやって来た別の仲間が横から顔を出す。間近に目が合った途端にカティが慌ててガイから身を離した。

「わっ、オリバー……！　ななな何でもない！　ちょっと読んでる本の内容が気になって

「……！」

「そうか？　俺も知恵を貸せればと思ったんだが」

「大丈夫！　し、しばらくひとりで考えてみるね！」

取り繕いながら慌ただしく去っていく。すっかり遠慮なくガイに甘えるようになったカティだが、オリバーの前でそれをするのは恥ずかしさが勝るらしい。軽く救われた気分でガイが鼻を鳴らしていると、そこにオリバーが気遣わしげな視線を向けてくる。

「……ガイ？　君も、何となく調子が悪そうに――」

「だーもう、平気だっての！　いつでも元気が取り柄だぞおれぁ！」

耐えかねたように椅子を立って歩き出すガイ。早足に「討議の間」を去りながら彼は思った――何だか分からないが今日は良くない。育った植物からバルディア先生とのやり取りを思い出したためか、朝からずっと頭に雑念がこびり付いている。そのせいで仲間に対していつものように振る舞えない。

こんな時はまったく別のことに集中しよう。そう思い立って図書室を訪れたところ、棚に並んだ本へ伸ばした手が意図せず別の手と重なった。驚いて顔を隣に向けると、一年後輩の女生徒リタ＝アップルトンがそこに立っている。

「……あ……」

「……おう、リタ。おまえも読書か？」

「は、はい。魔法植物学の課題で、二層の植生について分析してて……」

「そっか。邪魔しちゃ悪いな」

本を譲って別の棚へ向かおうとするガイ。が、少しの躊躇《ためら》いを経て、その背後でリタが声を上げる。

「……あ、あの！」

「ん？」

「つ――付き合ってもらってもいいですか！　質問したいこと、実はけっこうあって……！」

「？　ああ、構わねぇよ。丁度いいぜ、おれも頭切り替えたかったんだ」

快諾して振り向くガイ。リタが赤面しながら、それでも嬉《うれ》しそうに顔を綻ばせた。

質問があるなら気軽に話せる場所のほうが都合がいい。そう思って関連書籍を小脇に最寄りの談話室で腰を落ち着けると、ふたりはそのままリタの課題について話し始めた。前年に通った道とあってガイも説明には困らず、二十分も経《た》つ頃には疑問もすっかり解消して、リタは安《あん》堵《ど》の息をついていた。

「……ありがとうございます。だいぶ理解が深まりました」

「おう。キンバリーで長く過ごしてると忘れちまうけど、迷宮は環境がかなり特殊だからな。

同じ植物でも地上と同じ形じゃ育たねぇ。そこはおれたちが論文書く上で必ず押さえなきゃならねぇポイントだ」

かつての自分の躓《つまず》きを後輩に重ねながらガイが頷《うなず》いた。その横顔をちらちらと窺《うかが》いながらリタが隣で微笑《ほほえ》む。

「……いつもの先輩で良かったです。その、勘違いだったら申し訳ないんですけど……さっきは少し、疲れていらっしゃるように見えて」

「おまえにもそう見えんのかよ。ったく、おれもヤキが回ったな」

「……な、悩みがあるなら！　わたしで良ければ、聞かせてくれても……！」

膝でこぶしを握り締めたリタが思い切って踏み込む。ガイが天井を仰いで苦笑する。

「悩みってほどのことでもねぇよ。いつも通りツレの取り扱いを考えてるだけだ。……あー、おまえこそ仲良くやってんのか？　ディーンやらテレサやらとはよ」

「わ、わたしのほうは順調です。テレサちゃん、旅行がすごく楽しかったみたいですね。先輩のご実家のこともたくさん話してくれて……」

「はは、そりゃ何よりだ。ウチで良けりゃいつでも遊びに来いって言っとけ」

明るく笑ってガイが言う。が、その振る舞いの中にも隠し切れない苦悩の影を感じて、リタは唇をぎゅっと引き結んだ。彼女は日頃からガイをよく見ている。だからこそ、楽天家の彼を何がそこまで思い悩ませているか、その原因にも想像が付いてしまう。

「……アールト先輩の……ことじゃ、ないですか？　ずっと悩んでおられるの……」

「……まぁ、否定はしねぇ。ほっとくといちばん危ねぇからな、あいつが」

さすがに誤魔化すのも難しく、ガイは腕を組んで軽く頷《うなず》いた。とはいえ後輩相手に漏らす愚痴でもない。それ以上は何も言わず抱え込む彼の姿に、リタの胸の内でもどかしさが渦巻く。

なぜ、話してくれないのだろう。そんなに自分は信用出来ないだろうか。絶対によそに漏らしたりはしないのに。ずっとずっと慕っていて、今もこんなにも力になりたくて堪《たま》らないのに。

もちろん口には出来ない。喉の奥にそれらを必死で押し込めて——だから、代わりに別のものが押し出される。ガイに対する思慕とセットで、彼女がずっと胸の奥に封じていた気持ちが。

「……ふ……不誠実だと、思います。あの人……」

「んぁ？」

「……ずっと前からホーン先輩に惹《ひ》かれてるの、見ていれば分かります。なのに……あんなにべたべた、グリーンウッド先輩にくっついて……。……あ、あれじゃまるで——ホーン先輩に触れられない不満の捌《は》け口《ぐち》に、先輩を……利用してるみたい……！」

暗い熱を帯びた声にガイの目が見開き、そこでリタが口元を押さえる。自分が今いったい何を口にしたか、それを理解した彼女の顔が一気に青ざめた。

「ご——ごめんなさい。わた、わたし……」

「お、おい、リタ……」

「……っ……！　……し——失礼します！」

耐えられなくなったリタが椅子を立って駆けていく。談話室の片隅でその背中を呆然《ぼうぜん》と見送って、ガイがぽつりと呟《つぶや》く。

「……何だってんだ、今日はいったい……」

「罪つくりだな、オマエも」

聞き覚えのある声がそこに響く。ぎょっとしたガイが椅子から腰を浮かせて振り向くと、ひとりの小柄な友人が分厚い本を小脇に抱えてそこに立っていた。

「……ピート……」

「怒るなよ。場所が場所だ。別に盗み聞きしたかったわけじゃない」

最初の一言で釈明しながらピートが周りを見回すと、談話室のあちこちから好奇の視線を向けていた生徒たちがすっと目を逸《そ》らす。感情的になったリタは遮音の結界を張り忘れていたため、会話の終盤はいくらか周りにも聴かれてしまっていた。それに気付いたガイがしまったと額を手で抱え、その眼前にピートが踏み出す。

「ただ、オマエの状況についてはボクも少し気になってる。いくら何でもカティに尽くし過ぎだ。それが望んでやってることだとしてもな」

「何だよ、それ……。じゃあ突き放せってのか？　今のカティを？」

「違う。そんなことされたらボクだって困る。アイツを受け止められるのはオマエだけで、ボクにはやりたくたって真似《まね》できないんだから」

　はっきりと否定した上でガイの目を見据え、ピートは言葉を続ける。

「ボクが言いたいのはバランスの問題。オマエからもちゃんとカティに求めろってことだ。……むしろ、何でそうしない？　別にオマエはアイツの父親じゃないだろ？」

「……いや……あいつは、そういう対象じゃ……」

「じゃあ誰がその対象だ。さっきの流れでＭｓ《ミズ》．アップルトンのほうに行くのか？　……ま、あの分なら簡単そうじゃあるけど」

「――おい！」

　その文脈で後輩の名前を出され、さすがに憤《いきどお》りを覚えたガイが友人の肩を掴《つか》む。が、ピートは動じない。曇りのない眼《め》でガイの顔を見上げたまま、彼は淡々と問いかける。

「……カティはオマエに甘えてる。だったらオマエは誰に甘えるんだ？　ガイ」

「――ッ」

　問題を要約されたガイが言葉を失って立ち尽くす。緩んだ手を軽く解いてローブを整え、ピートは軽くため息をつく。

「身内で事が済む分、カティ相手がいちばん収まりがいい。ボクの意見はそういうことだ。……本音を言えば、あまりＭｓ《ミズ》．アップルトンや他の生徒と深い仲になって欲しくもない。そうするとカティがまた不安定になりそうだ。オマエがボクたちに内緒で愛人を囲えるほど器用だって言うなら話はまた別だけど」

「……勘弁しろよ、もう……」

応答を諦めたガイが椅子に戻ってへたり込む。ピートがふっと微笑《ほほえ》んでそこへ再び歩み寄る。

「悪かったよ。そんな顔しないでくれ。別にオマエに意地悪がしたかったわけじゃない。

……そうだな。だから、もし。オマエがどうしてもカティのほうに行けないなら――」

そう言いながらガイの頬に手をかける。戸惑う友人の耳元にピートがそっと口を寄せて、

「ボクが受け止めてやってもいい。……身内で事が済むなら、ボクにとって話は同じだ」

「――は？」

密《ひそ》やかな囁《ささや》きでガイを硬直させる。反応が返る前にさっと体を離して、ピートは平然と去っていく。

「その気になったら早めに言えよ。ボクの側にも準備はある。いきなり押し倒されても困るからな」

「お、おい――！」

呼び止める声も空《むな》しく背中が廊下へと消える。煮えた頭にさらなる混乱が具材として追加されて、ガイはたまらず両手で頭を掻《か》き毟《むし》った。

同じ頃。主を代えた生徒会本部では、新たなメンバーによって会議が開かれようとしていた。

「――揃《そろ》ったな。んじゃま、始めっか」

テーブルの上座で小柄な七年生が告げる。事前の下馬評を覆《くつがえ》してゴッドフレイの後を継いだ新学生統括ティム＝リントン。元より服装の規定などあって無きが如《ごと》きキンバリーなので、可憐《れん》な女装姿もすでにトレードマークとして定着しつつあった。馴染《なじ》みきっていないとすれば、それは見た目よりむしろ本人の統括としての振る舞いのほうである。

「話し合う前に訊《き》いておきたい。……誰かいるか？　今キンバリーで何が起こっているか、その全体像を漠然とでも把握している者は」

ティムの左脇でひとりの六年生が声を上げる。今年度から統括補佐を務める男子生徒のパーシヴァル＝ウォーレイだ。選挙戦では対立陣営の擁立候補としてティムらと争ったかつての政敵だが、当のティムの「あいつ使えそうじゃね？」という一言をきっかけに、皮肉にも今は新生徒会の幹部へと抜擢《ばってき》されていた。指名を受けた際に複雑な感情が渦巻いたことは想像に難《かた》くないが、少なくとも本人はふたつ返事で引き受けた。

「いないよね、まぁ。正直言えば私もさっぱりだ。それなりに予想は立てていたつもりだけど、〈大賢者〉の赴任でいよいよ頭がパンクした。まったく参るよ、借金もまだまだ残ってるのにさぁ」

ティムを挟んだ逆サイドでテーブルにべったり頬を付けた七年生の女生徒が力無くぼやく。

言わずと知れたヴェラ＝ミリガンだ。ゴッドフレイ時代から生徒会に協力的かつ選挙での貢献も大きかったことで最初から幹部に内定していた彼女だが、それは同じ統括補佐のポジションにウォーレイが抜擢《ばってき》された最大の理由でもある。「あいつの手綱どうやって取るよ」「俺はやだぞやんねぇぞ」「もういいから真逆のクソ真面目なタイプぶつけとけ」――というのが人事に当たって話し合われた内容の要約だが、「財政だけは絶対に預けない」という点では最初に合意が取れている。

「想像を膨らませる前に確かな事実から押さえましょう。ダリウス先生、エンリコ先生、デメトリオ先生が三年立て続けに失踪し、バネッサ先生とバルディア先生が校外に出された。代わりに三人の教師がやって来て、その内のひとりが〈大賢者〉ロッド＝ファーカーだった」

テーブルの上空に杖《つえ》で字を書きながら四年生の男子生徒が情報をまとめる。今年度から書記として生徒会入りしたリチャード＝アンドリューズだ。今後の運営を考えれば実力の確かな四年生を引き込みたいのは生徒会として当然で、決闘リーグで活躍した面々の多くには声がかかったが、勧誘に応じたのは最終的に彼ひとりだった。そのリチャードもまた選挙戦では対立陣営に協力した立場であり、ウォーレイと併せて非常に柔軟な登用と言える。

「テッド先生も含めれば四人だね。ただ、彼も含めた三名はキンバリーの縁者だから特におかしいところはない。〈大賢者〉だけが余りにも異質なんだ。理由は言うまでもないと思うけど」

「その点への疑問を踏まえて、この場に呼びたかった生徒が何人かいる。が――それはやはり無理だったか、Mr《ミスター》.アンドリューズ」

ウォーレイからの確認に、リチャードが首を横に振ってみせる。

「残念ながら。Ms《ミズ》.マクファーレンとMr《ミスター》.オルブライトには僕から出席を打診しましたが、両名とも同じ理由から固辞されました。家から何も知らされてはいないし、知らされていたとしても明かす訳にはいかない――と」

「そりゃそうだよね。Ms《ミズ》.マクファーレンは決闘リーグでセオドール先生に引っぱたかれて間もないし、Mr《ミスター》.オルブライトに至っては父親が〈五杖《ごじょう》〉の現筆頭だろう？　気軽に情報を漏らせるような立場じゃないよ。ま、それ以前に与えられてもいないと思うけどさ」

テーブルに突っ伏したミリガンが唇を尖《とが》らせて言う。それを聞き終えると同時にティムが大きく頷《うなず》いて腕を組んだ。

「もーいいだろ。分からねぇことは分からねぇ、それが分かっただけで今は良しだ。どうせ僕らのやるこたぁシンプルだしな。生徒を無駄に死なせないようにする、それだけだろ？」

「それを計らう上でも、状況は可能な限り把握しておきたいのですがね……。とはいえ、憶測に憶測を重ねても仕方ない点には同意します。現状では限られた情報の中で自衛の策を取る他にないことも」

「そこまで合意が取れているのなら、迷宮への立ち入り制限に関してはさっさと実施してしまわないかい。これはもう思想の違い以前の純然たる緊急措置だ。誰も今の情勢で下級生を危険に晒《さら》したくはないだろう？　何なら私たちが動かなければ学校側から言い出すと思うね」

「大筋で異存はない。だが、当の下級生から不満の声が上がることも想定するべきだ。完全な立ち入り禁止は論外として、上級生の監督付きに絞る条件でもまだ反発が勝るだろう。私としては人数の縛りに加えて、実力に応じた迷宮への『入場許可証』を発行する形で提案したい。もちろん階層ごとに区別を設ける形でだ」

具体案を添えてウォーレイが主張する。その内容を空中に記述しながら、リチャードが顎に手を当てて思案する。

「深層での遭難ほど救助が困難になることを考えれば妥当なラインだと思います。……ただ、そうしたルールの隙間を探るのはもはやキンバリー生の本能に等しい。必然、迷宮の入り口と各階層の境目には相応に堅固な『関所』を構える必要があるでしょう。となると――校舎内の絵画や鏡はともかく、迷宮内にまで人員を常駐させるほどの余裕が今の我々にありますか？」

「私も考えたけど、それほど無理な話ではないんじゃないかな。というのも、四層以降の深層になってくると逆に『関所』は要らなくなるだろう？　そこまで潜れる生徒を心配するだけ無意味なんだから。二層と三層の入り口に限って人を置くだけなら今までの巡回と大きな差はない。立ち入りが許可制になることでこちらの管理の手間も大きく減るだろうしね」

取り立てて反論することもなくミリガンが補足する。ウォーレイとの関係を踏まえて好意的に見れば自制の表れだが、同じくらい単なる無気力の結果にも見えるのが困ったところだ。その点に関してはすでに半ば諦めた様子でウォーレイが話を掘り下げる。

「生徒の安全を図るという側面だけで見ればその通りだろう。……だが、状況の分析を進める上ではどうだ？　深層を出入りする生徒を把握することでもたらされる情報は少なくないはずだが」

「――そりゃ生徒を疑うってことか？　パーシヴァル」

彼をまっすぐ見据えたティムがファーストネームで呼ばわる。打って変わった相手の迫力に驚きながらも、それは表に出さずウォーレイも続ける。

「可能性としては無視出来ないでしょう。教師殺しの主犯と考えるのは無理があるにしても、一部が協力している可能性はじゅうぶんに有り得るわけですから」

「それはそうだけどね。我ら《わたしたち》が可憐《かれん》なる統括は、生徒会がそこを疑う姿勢を見せるのがどうかって話をしてるのさ。Mr《ミスター》.ウォーレイ」

テーブルの上で顔の向きを変えたミリガンがにやりと笑って言葉を添える。ウォーレイがむ、と唸《うな》り、ティムが重く頷《うなず》いて鼻を鳴らす。

「……ただでさえ教師間の内紛のセンが濃くなって校内がざわついてんだ。この上生徒にまで互いを疑い合うタネを植え付けるのが賢いとは言えねぇ」

「……確かに仰《おっしゃ》る通りです。が、その懸念《けねん》を理由に真相の解明へ着手しないというのにも賛成出来ません。それでは一方的な守りの戦になる。校内の状況は前統括の頃よりさらに切迫しているというのに」

「そこはお前の言う通りだからよ。もちろん手は打つ。ただ、その主体は僕たちじゃねぇ」

そう口にしたティムが懐《ふところ》から取り出した一枚の便箋をテーブルに放る。メンバーの視線が一斉にそこへ移り、表に記された差出人の名前で止まった。

「……手紙、ですか？　テッド先生からの？」

「校内保安の協力要請だ。応えないわけにもいかねぇよな、教師からこう言われちゃ」

ティムが振った杖《つえ》に合わせて便箋が解け、中身の手紙が広がって宙に浮かぶ。

「ご丁寧にヘッジズ先生とリーカネン司書も連名だ。校長に話を通してる気配がねぇことも含めて、この動き自体にも色々と勘繰れんだが――まぁ、ひとまず信頼してやってもいい部類だろ。ここの教師どもの中じゃよ」

「……なるほど。つまり、この要請に乗って動くと？」

「探んのはあくまで教師どもだ。こっちは渋々それに付き合わされるに過ぎねぇ。けど――それならそれで、多少の情報共有も必要にならぁな」

にぃと悪い笑みを浮かべるティム。それでメンバーたちも彼の意図を理解した。守りの戦いに甘んじるつもりなど毛頭なく、教師たちの動きすら利用して強《したた》かに立ち回るつもりなのだと。

誰にも不満はない。それでこそキンバリー生だと全員が無言で告げている。彼らの暗黙の合意を受けて、ミリガンが突っ伏していた体をここでやっと起こした。

「方針は決まったようだね。では諸君――新生徒会、本格始動だ」

明けて翌日の昼前。何とも言えない緊張感の中で、オリバーはピートと共に校舎の廊下を歩いていた。

「――」

「……………」

互いに言葉が少ない。ふたりともそれほど賑《にぎ》やかにお喋《しゃべ》りするほうではないが、ここまで会話がないのは入学間もない時期以来だ。かといって喧嘩《けんか》しているわけでもないのがややこしい。オリバーとしてはファーカーの存在に対して警戒を強めて欲しいのだが、それを口で言っても無意味なことは痛感している。

「……調べ物があるから、ボクは行くぞ。夜は先に寮に戻ってる」

「あ、ああ……」

結果、何も言えずに別れる流れになってしまう。と、去り際にピートが小さな何かをオリバーへ放って寄越す。

「これは返しとく。詰めが甘いな。ボクならもっと小型化できる」

「……っ……」

手の中のそれをオリバーが苦い面持ちで見下ろす。寮の自室でピートの制服にこっそり仕込んでおいた小型ゴーレムだ。何か異常があった場合にそれを感知してオリバーのもとへ飛んで伝えるよう設計してあったのだが、当のピートに気付かれては当然意味を成さない。その仕込みを怒るでもなく去っていくピートの背中を見送りながら、オリバーは意識的に深呼吸する。

「……落ち着け。焦《あせ》るな……」

「見っつけたぁ！」

場違いに賑《にぎ》やかな声がそこに響く。オリバーが驚いて振り向くと、もはやすっかりお馴染《なじ》みとなった女装姿の学生統括が仁王立ちして彼を睨《にら》んでいた。

「……リントン統括？」

困惑するオリバーの手を引いて近場の空き教室へと連れ込み、ティムは手早く出入口の扉を呪文で閉め切っていく。その上で部屋中を歩き回って陰という陰を確認し、それが済んだところでやっと動きを止める。

「戸締まり良し、人の気配無し、と。……おら、そこ座れ」

「？　は、はい……」

指示されたオリバーが意味も分からぬまま座席のひとつに腰かける。歩み寄ったティムが躊躇《ちゅうちょ》なくその膝を枕にして寝転んだ。横並びの座席をベッド代わりにして身を横たえ、目を丸くする後輩の前で全身の力を抜きながら、新統括は盛大にため息を吐く。

「……はー、ったくよー……。カワイさと威厳の両立も楽じゃねぇぜ。ミリガンとウォーレイの手綱取るだけでもひと苦労だってのに教師まで絡《から》んできやがって。こんな状況で舵取《かじと》り任されるこっちの身にもなれってんだ」

その愚痴を耳にした時点でオリバーもやっと事の流れを察した。苦笑を浮かべて枕役を受け入れ、彼は穏やかにティムの顔を見下ろす。

「……お疲れ様です。務めに励んでおられるんですね」

「他人事《ひとごと》みたいに言ってんじゃねー。そもそもお前が生徒会来てりゃもうちょい楽だったんだぞ。代わりにアンドリューズが頑張ってくれてっからまぁいいけどよ」

「重ね重ね申し訳も……。ただ、リチャードが加わってくれてほっとしました。彼の人柄は俺からも保証します」

申し訳なさと信頼を半々で込めてオリバーが言う。ティムが目を閉じて鼻を鳴らす。

「そこに不満はねぇさ。周りに腑抜《ふぬ》けはひとりもいねぇし、曲者揃《くせものぞろ》いをまとめんのは僕の仕事だ。……でもよぉ。そうすっと今度は、僕のほうは誰に甘えんだって話だろよぉ」

弱々しい声で言ったティムが体の上下を逆にして後輩の胴に抱き着き、そのまま腹にぐりぐりと鼻先を押し付ける。想像以上の甘え方に驚くオリバーだが、あのゴッドフレイの後継という立場のプレッシャーを考えればそれも無理はない。相手の心境を慮《おもんぱか》りながら、彼は金の髪を優しく指で梳《す》く。

「……ゴッドフレイ先輩……何してっかなぁ、今頃……」

「……きっと元気にしていますよ。イングウェ先輩が一緒なのでしょう？」

「それはそうだけどよ……変な虫寄り付いてねぇかなぁ……。……会いてぇよ。顔が見てぇよ声が聴きてぇよ。頭ナデナデして欲しいよぉ……」

人に聞かせられない本音がぽろぽろと漏れ出す。今までそれを言えた相手は全て卒業していったから、その役割が今自分に回ってきたのだとオリバーは理解した。光栄なことだと彼は思う。例え束の間《つかま》の代役であろうと——選挙戦や死霊《しりょう》の王国での交流を通して、この人はそんなにも自分を信頼してくれていたのかと。

「……心配すんな。お前らは僕が守る。それだけは絶対にブレねぇからよ……」

「……はい。頼もしいです、心から」

偽らざる真意からそう答える。それからしばらくオリバーの腹に顔を埋めていたティムだったが、ふと仰向けに戻って相手の顔をじっと見上げる。

「……気に入らねぇ」

「え？」

「なんだそのシケたツラ。まだ不満あるってか？　こんなカワイさの化身みてぇな先輩にくっつかれといて」

指摘を受けたオリバーが思わず自分の顔に手をやる。苦悩を表情に出していたつもりはないのだが、それでも彼には見抜かれてしまったらしい。心境としては嬉《うれ》しさが半分、自分の脇の甘さに対する反省が半分といったところだった。そんなオリバーへ向けて、ティムは尚《なお》も分析を続ける。

「まぁ悩みにゃだいたい察しも付くけどよ。……レストンのことか？　今考えてんのは」

「……はい。ファーカー先生との交流を、彼自身が強く望んでいて。どうしたらいいのか……」

もはや隠す意味もないと悟ってオリバーが打ち明けた。途端にティムの両手がその顔面を鷲《わし》摑《づか》みにする。

「やっと話しやがった。――なんで僕に相談しねぇ？　そのための生徒会だろーが」

「……あ……」

「ったく。……安心しろ、レストンについちゃ僕らも気にかけてる。少なくとも校舎の中じゃお前の目が届かない分はこっちで補ってやるよ。なんならファーカーの野郎に直接毒ブチ撒《ま》けてでもな」

目をまっすぐ合わせながら力強い声で言ってのける。その優しさに強く胸を揺さぶられるオリバーだが、そこには同じだけの罪悪感も伴っていた。……キンバリーの現状の不安定さには「裏」での自分の活動が最大の原因として在る。それを明かさぬまま善意の後輩を気取っている状況は余りにも後ろめたい。

だが、それを明かすことは断じて出来ず、故にその葛藤もまたティムは知り得ない。彼の目に映るのは励ましを重ねてなお曇り続ける後輩の顔だけであり、だからこそ、それをどうにかしてやりたい感情が際限なく募っていく。

「これでもまだ笑わねぇ。……クソッ、もどかしいなお前は」

「――え？」

業を煮やしたティムが相手のうなじに手をやり、相手の頭を引っ張ると同時に上体を起こした。頰に重なる唇の感触。熱く柔らかいそれにオリバーが呆然《ぼうぜん》としていると、ほどなく身を離したティムが慌てて膝から降りて後輩の正面に立つ。

「……か、勘違いすんなよ！　これは浮気《うわき》じゃねぇ！　なんだ、その――施しだ！　陰気で鬱陶しい後輩にくれてやったちょっとした憐《あわ》れみ！　ただの慈悲だからな！」

頰を紅潮させながら相手を指さしてそう言い張る。ぽかんとするオリバーの視線を振り切るように踵《きびす》を返《かえ》し、その背中でティムがぼそぼそと呟《つぶや》く。

「近々また会いに来るからよ。……シケたツラ、その時までに少しはマシにしとけ」

「……はい……」

木偶《でく》のように頷《うなず》く以外にオリバーには何も出来なかった。扉の封を解いて教室を後にした先輩の背中を、その気配が遠ざかってからもしばらく、彼はその場で見送り続けていた。

ファーカーの存在を生徒会が警戒したということは即《すなわ》ち、その対象に対して全校規模での監視体制が敷かれたこととほぼイコールでもある。生徒会メンバーのみならず彼らと協力関係にある生徒まで目を光らせ始めた以上、もはや校舎にその視線から逃れられる場所は少ない。

「……うーん……」

自らを取り巻くそんな状況の中、ひとり廊下を歩いていたファーカーが腕を組んで首をかしげる。警戒というには些《いささ》か呑気《のんき》な、まるで奥歯に挟まったものが取れないような、それが本当にあるのかどうかも判断しかねるような微妙な表情で。

「……なんだかなぁ。引っ掛かるんだよなぁ、さっきから」

彼がぽつりと呟《つぶや》いた瞬間、周りにいた生徒たちの一部に緊張が走る。生徒会の命を受けてファーカーの監視を続けていた面々だ。が、誰ひとり表には出さなかった動揺さえ見透かしたように、〈大賢者〉は彼らへ苦笑を向ける。

「ああ、違う違う。君たちじゃないよ。そんなお飯事《ままごと》レベルの尾行ならいくらでも好きにすればいい。まぁ直接話しかけてくれたほうが嬉《うれ》しいけどさ」

生徒たちの戦慄は軽く流しながらファーカーが振り向く。二十ヤードほど離れた廊下の曲がり角の奥を見据えて、〈大賢者〉はローブから抜いた白杖《はくじょう》の尖端《せんたん》をそこへ向ける。

「僕が気になるのはまた別。……何となくだけど、その辺りかなぁ？」

「……！」

意識を向けられた瞬間、そこに潜んでいた隠形の少女・テレサ＝カルステが息を呑《の》む。生徒会とは別口でファーカーを監視していた彼女だが、この時点で存在を気付かれるのは予想外だった。同様の間合いで違和感を示してのけたのは、過去を遡ってもあのガーランドを含めたごく一部の例外だけだというのに。

即座に判断を迫られる。静止して潜んでいる今の時点で気取られている以上、動いて逃げれば今度こそ本格的に感知される可能性がある。が、動かずいても直接確認に来られれば結果は同じだ。彼我の距離は約二十ヤード。全力の離脱で振り切れるかどうかはまったくの未知数だが、こうなればもはやリスクを考慮している余地もない――。

一か八かの賭けに出るべく意思を固めたテレサ。が――その傍《かたわ》らを、ふいに橙色《だいだいいろ》の小さな「何か」がふわりと通り過ぎた。

え、と思う間もなくその姿がファーカーの視界に入る。朧《おぼろ》な人型を取りながら宙に浮かんでじっと自分を見つめてくるそれを、〈大賢者〉もまた目を丸くして見返す。

「……おや。これは……」

「どうしました。ファーカー先生」

少しの間を置いて、同じ曲がり角から大柄な男が踏み出す。今年度から職員としてキンバリーに雇用されるも、以前と変わらぬ邪教の神父じみた装《よそお》いに身を包んだ魔法使い――サイラス

＝リヴァーモアだ。その姿を目にしたファーカーが一転して口元を綻ばせる。

「やぁMr《ミスター》．リヴァーモア。なぁに、さっきから妙な気配に尾けられている気がしたんだけどね。君の半霊なら納得だ」

「躾《しつけ》がなっていなくて申し訳ない。何分幼いもので」

「申し訳なイーー！」

リヴァーモアの目前の空中で、この世界で唯一現存する亜霊体生命――ウーファが形を変えてくるくると回る。その様子をじっと目で追いながら、ファーカーが顎に手を当てて唸《うな》る。

「いつ見ても興味深いね、その子は。……それに君自身も味がありそうだ。今度ゆっくり話したいと思うけど、どうだい？」

「無論。〈大賢者〉の誘いとあらば喜んで」

快諾したリヴァーモアが恭《うやうや》しく会釈《えしゃく》する。その反応に微笑《ほほえ》んだファーカーが身をひるがえし、硬直する生徒たちの間を抜けて廊下を去っていったところで、リヴァーモアは背後の物陰へぼそりと声をかける。

「……ウーファに感謝することだな。小さな肉」

「……肉ではなくテレサです。頼んでいませんし、それほど小さくもありません」

窮地を脱した直後の虚脱から少女が辛《かろ》うじて憎まれ口で返す。……リヴァーモアとて正体を明かして良い相手ではないが、この男にはすでに隠形の手腕を知られている。何よりもファーカーに存在を直接認識される事態に比べれば何百倍もマシだった。人目のある校舎では〈大賢者〉とてそうそう無法は働けないはずだが――その認識を踏まえて尚《なお》、下手をすればここで自分の命運は尽きていたかもしれないとすら彼女は思う。

「テレサー！　遊ボー！　遊ボー！」

そんな心境は露知らぬとばかりにウーファがテレサの腕に巻き付く。今ばかりは彼女もそれを振りほどく気力が湧かない。無邪気にじゃれ付く半霊の姿をぼんやり見つめる少女に、リヴァーモアが重く忠告を口にする。

「何のつもりか知らんが、あれには下手に近付かんことだ。……お前の手には余る」

「………………」

返す言葉は悔しいほどに見つからなかった。そんな彼女を置いて廊下を逆方向へと歩き出しながら、その背中でリヴァーモアが言う。

「……何をしている？　急げ」

「え？」

「次は呪術だろう。俺の関わる授業で遅刻は許さん」

「許《ゆる》さンー！　許《ゆる》さンー！」

ウーファが合わせて急《せ》き立《た》て、そこでやっとテレサも思い出した。ここでは自分もまた生徒であり、目の前の男は今やそれを指導する立場にあることを。少し悩んだが、今の一件の後では無視する気にもなれず——結果、彼女は顔をしかめながら男の背中を追って歩き始めた。

　新たに赴任した教師は三人であり、ファーカーを除くふたりについても当然ながら確認が必要になる。とりわけバネッサの穴埋めに訪れた魔法生物学担当のマルセル＝オジェには生徒たちの切実な視線が注がれた。キンバリーで「暴君」と言えばバネッサを指す程であり、その代行を務める人物の質を速やかに見極めたがるのはもはや興味以前の生存本能である。

「ハ、ハハァ……。以上が休眠期の琥珀虫《アンバーインセクト》の扱いだよぉ……。み、みんな勘がいいねぇ。教えることが少なくて助かるなぁ……ハハァ……」

　結果として、その緊張は肩透かしに終わった。独特の低いテンションながらも最初の授業は滞りなく進められ、誰の手足も吹き飛ぶこともなく学友の臓物を目にすることもなく終了の時間を迎えた。誰もが腑《ふ》に落ちないという表情で屋外の実習場から去っていく生徒たちをマルセルが弱々しい笑顔で見送り、その姿をカティたちもまた首をかしげて見つめる。

「……どんな人かと思ったけど……」

「バネッサ先生に比べれば遥《はる》かにまともですわね。少なくとも今のところは」

　シェラが感想を端的にまとめる。他の面々もおおむね同感だったが、魔法生物学を主戦場とするカティにはまだ確認が足りていない。教師に向かって仲間たちの中から踏み出しつつ、彼女がそこで一度振り向く。

「わたし、もうちょっとお話してくるね。みんなは先に行ってて欲しいけど……ガイ、大丈夫？」

「……おう」

心配して問われたガイが俯《うつむ》きがちに手を上げて答える。あまり大丈夫そうには見えなかったが、理由を尋ねても曖昧にぼかす上、どちらかと言えばそっとしておいて欲しい雰囲気を出してもいた。後ろ髪を引かれながらもひとまず教師のほうへ向かうカティ。その背中を眺めながら、シェラがぽつりと口を開く。

「元気がありませんわよ、ガイ。マルセル先生の暗さが移りましたの？」

「……面目ねぇ。いろいろ重なり過ぎてよ……」

「……まだ深くは追及しませんが。手に余るようなら、出来れば早めに相談してくださいませ」

促した上で踵《きびす》を返《かえ》す。そのまま一足先に校舎へ向かっていた友人へ追い付き、隣に並んで横顔をじろりと見つめる。

「……あなたのせいですわね？　ピート」

「さすがに勘がいいな」

「意味もなく困らせたとは思いませんわ。ガイに何を言いましたの？」

「カティの件で軽く忠告しただけだ。見てられないからな、今のアイツは」

悪びれる風もなく言ってのけた彼にシェラが眉根を寄せる。が、非難の色を含んだその瞳を、ピートが逆に鋭く見返す。

「今さら止めるなよ。……お互い今年からは本気で動く。そう決めたはずだろ？」

「……確かにそうです。けれど、行き過ぎは当然窘《たしな》めますわよ」

「じゃあそれは任せた。ボクのほうはラインを探ってる時間も惜しい」

迷わず言い切った上で視線を前に戻し、そのままピートは言葉を続ける。

「今夜は秘密基地には行かない。……これでもう分かるよな？」

「――！」

すぐさまシェラも悟った。自分たちの目標の達成へ向けて――友人が今夜、大きな一手を打つのだということを。


いかにオリバーが気を張り巡らせても校舎の全ては把握しきれない。可能な限りその範囲を広げようと苦闘したものの、特段の成果もなく疲労が募るばかりでこの一日は終わった。

夕食を済ませて校舎を出、夕暮れの残照を受けながらナナオと並んで寮へと向かう。秘密基地に行っても良かったのだが、ピートが今日は来ないと聞いた時点でオリバーも寮に戻ることを決めた。……今はとにかく彼から目を離したくない。冷静な思考ではないと自覚しているが、放っておくと何か取り返しの付かない場所へ行ってしまいそうなのだ。

そんなオリバーの懸念《けねん》をナナオも当然察している。隣に寄り添って歩きながら、彼女は少しでもそれを分かち合いたいと願って口を開く。

「――今日は一日浮かぬ顔にござったな、オリバー」

「……心配させて済まない。考えることが多くてな……」

「分かってござるが、ピートについては余り心配召されるな。拙者とて気は配ってござるし、何となれば羽交い絞めにしてでも軽挙を制する心構えは出来てござる。カティもガイもシェラ殿もそれは同様にござろう」

「……そうだな、君の言う通りだ。この状況で俺ばかり気を揉《も》んでいても仕方がない。……しかし、ガイはガイで何か悩んでいる様子だったのも気になって……ああくそ、これじゃ堂々巡りじゃないか。せっかく君が思《おも》い遣《や》ってくれているのに、どうしてこう俺は……」

情けなさに歯を噛《か》みしめてオリバーが呟《つぶや》く。見かねたナナオが両腕が半ば無意識に伸び、その体を横合いからぎゅっと抱き締めた。

「……ナナオ……」

「……辛《つら》くござる。このまま別れるのは、余りにも」

肩に額を埋めながらナナオが言う。その抱擁を受け止めながら思い悩んだ末、オリバーは彼女の手を引いて道脇の木陰へと導いた。そこで頬に手を添えて、自分から長いキスをする。心配をかけている申し訳なさと想《おも》われている嬉《うれ》しさ——相手に対するあらゆる親愛を込めて。

「……今はこれで許してくれ。明日の夜は秘密基地で過ごすから、その時にたくさん話そう」

「……むぅ。約束にござるぞ？」

残る不満に唇を尖《とが》らせながらもナナオがキスを返す。拙いやり方だったが気持ちは伝わった。そう実感できた安堵《あんど》を胸に最後のハグを交わし、名残を惜しみながらも分かれてそれぞれの寮へと向かう。扉をくぐって階段を昇り、自室の前まで来たところでふぅと息を吐き、オリバーはドアノブに手をかける。

「……ただいま、ピート。まだ起きて——」

部屋の中が見えた瞬間に、喉が固まった。

下着だけをまとった上半身を鉱石ランプの光に白く照らされて。彼のよく知るルームメイトが、彼の知らない格好で。スカートを穿《は》いてそこにいた。

「……なんだよ。早く閉めろ」

「…………あ、あぁ……」

促されたオリバーが我に返り、動揺を隠しきれないままドアを閉ざす。混乱で頭が働かずにいる彼の前で身に付けたブラウスと上着の具合を姿見に映し、それで確認を済ませたピートがくるりと振り向く。

「いいタイミングだな、ちょうど感想が訊《き》きたかったところだ。──どう思う？　これ」

「……いや、その……。……よく似合っている、とは思うが……」

「目を逸《そ》らしてて分かるのか？　ちゃんと見ろ」

なぜか直視できずに目を泳がせるオリバーへと詰め寄り、ピートがその手で直接顔を挟んで自分を振り向かせる。そうすればもはや目に映さずにはいられなかった。総じて控えめに、それでいて入念に着飾ったルームメイトの姿を。

「……君が、女性装をするとは……。抵抗があるものとばかり……」

「まるで無かったとは言わないけど、最初からそれほど大きくもない。カティにお人形にされるのが嫌だっただけだ」

平然とそう答えた上で、ピートは腰に手を当てて悠然と微笑《ほほえ》んでみせる。

「で、どうだ？　……リントン統括みたいに派手じゃないけど、こういうおとなしめのほうがオマエ好みだろ。フォーマルでもカジュアルでも丁寧な着こなしを褒めるもんな、オマエ」

「……否定は、しないが……」

「そこを押さえてボクなりに仕上げた。……だから、ちゃんと伝わるだろ？　何から何までオマエのために用意したことが」

言われたオリバーが息を詰まらせる。そう──分かる。今のピートの装《よそお》いは余りにも自分にとって好ましいものだけで構成されている。細部に至るまで選び抜かなければこうはならない。

長い時間をかけて好みを分析し、方向性を決めて多様なパターンを組み合わせて、そうして重ねた膨大な試行錯誤の結論として今の彼の装《よそお》いがある。

だからこそ直視出来ない。それをすれば——そこに込められた意味にまで、理解が及んでしまうから。

身動きが取れずに黙り込むオリバー。その反応に期待したものを見て取りながら、ピートのほうからさらに一歩踏み出す。

「じっくり見ないと採点できないよな。もっと近付けよ、ほら」

「……っ……」

「なんで躊躇《ためら》うんだ？　どこでも好き勝手に触ればいい。いつもの手当《ヒーリング》ての時みたいに」

皮肉交じりにそう言って相手の手を取り、迷わずそれを自分の胸へと導く。オリバーがびくりと肩を震わせた。今のピートは女性体であり、そうすれば否応《いやおう》なく乳房の膨らみを手に感じる。その奥で静かに高鳴る心臓の鼓動まで。

「なぁオリバー。……オマエにはまだ言ってなかったけど、今年からボクはだいぶ変わるつもりだ」

「……変わる……？」

「もっと魔法使いらしく振る舞う。そうして舐《な》められない程度には知識と力が付いたし、この体質もそれなりに扱えるようになった。だったらもう大人しくしてる理由もないだろ？」

語りながらオリバーの脇腹へ左手を伸ばし、そこを掌《てのひら》で優しく撫《な》でさする。刺激に身をよじる相手の反応が堪《たま》らない恍惚《こうこつ》となってピートの頭を満たす。が、思考は鈍らせない。それはまだ必要だ。今しているのはれっきとした交渉なのだから。

「その上で、ボクは今四年生だ。普通人家庭出身の一代目として、この血を繋《つな》ぐことを真面目に考えるべき時期に差し掛かってる。どこかに婿入りするにせよ、あるいは自分の家門を立てるにせよ。……で、そうなると当然、未経験だと色々具合が悪い」

話が確信に迫るのを感じたオリバーの全身がわななく。その顔に下からぐっと距離を詰めて、ピートは相手の目と鼻の先で艶然《えんぜん》と微笑《ほほえ》んだ。

「――ッ――」

「いきなり子種を寄越せとは言わない。練習相手になれよ、オリバー。……三年同室で過ごして気心も知れてる間柄だ。どうせ誰かを選ぶなら、ボクはオマエがいい」

示された彼の求め。それを呼び水に――否応《いやおう》なく蘇《よみがえ》る記憶が、オリバーの中にひとつある。

帰省旅行の最後を締《し》め括《くく》ったのはガイの実家だが、彼らはその前にピートの実家にも立ち寄っていた。中規模の街の一角にじゅうぶんな土地をもって居を構えるそれは、一見して富裕層のものと分かる普通人の邸宅だった。

「ボクだ。――久しぶりだな、父さん」

ノックを経て重い扉を開け放つと同時にピートが声を上げた。邸内は清潔だが少々薄暗く、広い玄関に並ぶ靴の数も数えるほどで、建物の大きさに対して些《いささ》か生活感に乏しいような印象をオリバーたちは受けた。彼らがそこで待っていると、やがて主人が姿を現した。

「……ああ。本当に連れて来たんだな、学友を」

階段を降りてやって来たのは、仕立てのいい背広に身を包んだひとりの壮年男性だった。体格は平均よりやや痩せ型で、顔つきはそれほど息子に似ないが、気難しさを感じさせる目つきにはピートとの血縁を感じさせるものが確かにあった。玄関の手前まで降りて来たところで息子の背後のオリバーたちに目をやり、男性はその場で恭《うやうや》しく会釈《えしゃく》する。

「……ハワード＝レストンと申します。この度は息子ともども当家にお立ち寄り頂き恐悦至極。出来る限りのおもてなしはさせて頂く所存ですが――王侯貴族でもない一介の普通人の住まいなど、私がどう気張ったところで魔法使いの皆様にはさぞ退屈でしょう。その点ばかりは最初にお詫《わ》び申し上げておきます」

と、慇懃《いんぎん》ながらもよそよそしい印象の挨拶を述べる。オリバーたちが軽く目を見合わせた。今回は訪問先が普通人の住まいということもあってマルコには宿で留守番してもらい、テレサもそれに付き合っている。事前に連絡して許可も得ている以上、今の状況は少なくとも無礼には当たらない。それを再確認した上でオリバーが口を開いた。

「キンバリー四年のオリバー＝ホーンです。……この場所には、大切な友人の育った環境を知りたくて立ち寄りました。過剰にお気遣い頂く必要はありません。出来れば普通人と魔法使いではなく、単にご子息の友人として接していただければと思うのですが……」

「……それはそれは。このハワード、皆様の寛大なお心に敬服するばかりです」

変わらぬ温度の反応にオリバーが内心でため息をつく。……相手の緊張を解《ほぐ》したいと思っての挨拶だったが、心の距離を縮めるには至らなかったようだ。あるいは単に自分と相性が良くないのかもしれない。オリバーがそう考えたのを察したようにカティがフォローを買って出る。

「……あ、あの！　お土産もあるんです。いま蘭国《ランシール》で流行《はや》ってるお菓子で、食べてみたらすごく面白くて。良ければお茶と一緒に――」

「畏れ多いことです。お慈悲の御心のみ先に頂戴しましたので、どうかそれは皆様だけで。そのような大層なもの、私ごとき普通人の身には口を付けるのも恐ろしゅうございます」

言葉を遮られたカティが菓子の包みを手に立ち尽くし、その隣でガイが眉をひそめる。顔には出さないがオリバーも同じ心境だった。……魔法使いに対する敬意があるにせよ、来客の手土産を受け取りもしないのはもはや失礼だ。そもそも来客を玄関に立たせたまま邸内へ招きもしない。さすがに彼らも認めざるを得なかった。単なる緊張や無関心からの振る舞いではなく、目の前の人間が自分たちを拒絶していることを。

友好の試みはそこで終わった。オリバーたちが再びそれを行う前に、ピートが憤《いきどお》りも露《あら》わに父の前へ進み出た。

「大したもてなしだな。よくそこまで薄っぺらい建前だけを長々述べられたもんだ」

「待て、ピート――」

「悪いなオリバー。けどダメだ。ボクがもう耐えられない」

友人の言葉を遮ってピートが言い張る。彼の気持ちになればそれも当然だと感じ、オリバーには二の句が継げなかった。……ここまでに立ち寄ったカティの実家、シェラの実家では、それぞれ形は異なるにせよ惜しみない歓迎を受けている。ピートがそれを楽しんでいたことも自分たちはよく知っている。なのに――その後に訪れた自分の実家で、まだ玄関すら上がる前に実の父から拒絶を受ける。彼の立場になれば、それがどんなに耐え難《がた》い仕打ちであるか。

「はっきり言えよ。嫌いな息子が大嫌いな魔法使いになって、しかも同類の仲間を大勢連れて戻ってきた。嫌で嫌で堪《たま》らないんだろ？　今すぐ追い出したいけど魔法使い相手にそんな態度は取れない。だからさっさと飽きて出ていって欲しい――そうなんだろ⁉」

相手の内心を暴き立てるピートの言葉。それを耳にした瞬間、ハワードが初めて感情を顔に浮かべた。苦々しさと苛立《いらだ》ちと、そして嫌悪《けんお》によって口元が歪《ゆが》む。

「……それが目的か？　仲間の前で、私に恥をかかせるのが……」

「は、生憎《あいにく》とそこまで暇じゃない。……ここには決別に来たんだ。今日を最後に二度とこの家の敷居《しきい》は跨《また》がない。魔法界のルールに従って姓だけはもらっておくけど、ボクから始まる『魔法使いの』レストンの家とアンタの家はまったくの別物だ。その点だけは今ハッキリさせておく」

怒りに急《せ》き立《た》てられたようにピートが絶縁宣言を叩《たた》き付《つ》けた。積年の鬱屈を込めて睨《にら》み付《つ》けてくる息子から視線を切り、ハワードが忌々《いまいま》しげにため息を吐く。

「久しぶりに会う親に向かって吐く言葉がそれか。最初から期待などしていないが、キンバリーでは礼儀のひとつも教わらんようだな。……縁を切りたければ好きにしろ。元よりこちらから願い下げだ。男とも女とも知れんけったいな生き物に成り下がった息子など」

「な——」「おいアンタ。今なんつった」

許容できる一線を遥《はる》かに越えた侮辱にカティが目を見開いて絶句し、ガイが相手に詰め寄りかける。そんな友人たちを片手で弱々しく制しながら、虚《うつ》ろに笑ったピートが顔を俯《うつむ》ける。

「この体質も気味が悪いか。……そうだよな、アンタはそういう人だ。魔法を匂わせるものは何ひとつ身近に置きたくない。それが血を分けた息子だろうと関係なく……」

震える声で父の為人《ひととなり》をそう述べ、その言葉を受けたハワードの顔が大きく歪《ゆが》む。疎《うと》ましさが占めていた両目に初めて激しい怒りが宿り、

「ああ、その通りだとも。……産ませはしなかった。最初から魔法使いだと分かっていれば、お前など決して……！」

その口から、ひとりの人間に対する根こそぎの否定を吐き出した。シェラの瞳から最後の寛容が消えて失《う》せた。カティとガイとナナオが相手の口を塞ごうと同時に踏み出しかけた。オリバーですらとっさに止めることを忘れていた。だが――その全てを押し流して、

「ボクだって――母さんを死なせたかったわけじゃないッ！！！」

肺を絞り尽くすようにピートが絶叫した。両目から大粒の涙を零《こぼ》し、真っ白になるまでこぶしを握り締めて。もはや扱い切れない感情に全身を震わせて。

五人が踏《ふ》み止《とど》まった。ひとつの姿を前に、全員が自らの感情を力ずくで捻じ伏せた。――何を怒りに駆られている。目の前の普通人を黙らせればピートが喜ぶのか？　これを叩《たた》きのめして何かが解決するのか？　そんなことで深く傷付けられた心が癒《いや》されるとでもいうのか？

そうではない。なら、今はただ遠ざけるのだ。大切な友人を、彼を傷付けるものから全力で。

目配せひとつ介さず合意は成った。故に、その瞬間には全員が動き出していた。

「行きましょうオリバー。ここにあたくしたちの居場所はありませんわ」

「ああ！」

シェラがピートを懐《ふところ》に抱き締めて身をひるがえす。ナナオがそれを守る騎士のように脇に並び、先行したカティとガイが邪魔な扉を蹴り開ける。そうして家を後にする仲間たちに続きながら、最後尾を行くオリバーが一度だけ背後を振り返り、

「失礼します、Mr《ミスター》．ハワード。……とんだ不手際《ふてぎわ》でしたね。どうやら我々は、訪ねる家を間

違えたようです」

他の全員に代わって、閉じていく扉の間からありったけの皮肉を込めて言い放つ。返る言葉はなく、ただ横顔だけが最後に見えた。……友人の父であった男の、ついに自分たちと向き合うことのなかったその顔が。

マルコとテレサが待つ宿にまっすぐ戻ると、彼らはすぐさま荷物をまとめて受付に出発を告げ、その足で最寄りの循環水路の港へと向かった。本来の出航時間はまだ先だったが、先の船に予約を切り替える判断を誰ひとり迷わなかった。この土地にピートを留《とど》めたくない想《おも》いは全員が一緒だったからだ。

「……落ち着いたよ。悪かったな、付き合わせて」

シェラの膝に抱かれたピートが少し掠《かす》れた声で言う。……行きと同様に貸し切った連結船の一隻の中で、出航からしばらくは他の五人が代わる代わるピートを抱き締めて過ごした。後輩の目があっては感情を吐き出しづらいだろうと、テレサにはマルコと一緒にデッキで時間を潰してもらっている。

秘密基地のそれを再現したような空間の中、今はシェラに預けた友人の姿を見ながら、自分たちにフリーハグの習慣があって良かったとオリバーは思う。友人を慰めるために誰も遠慮しなくて済むのだから。

「誰も気にしていませんわ。……『楽しい時間にはならない』と、あなたは最初からそう言ってくれていました。それを承知であたくしたちは同行したのですから」

ピートの頬を手で包みながらシェラが囁《ささや》く。いつも包容力のある彼女だが、今日の所作はひときわ母親の温かみで満ちているとオリバーは思う。あるいは意識的にそうしているのかもしれない。実家と袂《たもと》を分かった今のピートが、それは何よりも必要とするものだろうから。

「……嬉《うれ》しいけど、もう我慢しなくていい。みんな……思ったところを、正直に話してくれ。ボクもそれが聞きたい。自分の中で踏ん切りを付けるためにも……」

思いがけないピートの求めに五人が顔を見合わせる。誰もが胸に留《とど》めておくつもりだったが、こうして本人に求められては是非もない。口火を切ることにしたガイが深呼吸して口を開く。こういう時には進んで無神経を買って出るのが彼の流儀だ。

「……おうよ。ったく、今思い出してもムカムカするぜ……。いくら親子仲が悪いにしても、自分の子供に向かってあんな言葉吐くか？　人が持って生まれた体質を詰《なじ》って何がどうなるってんだ……」

「ほんとだよっ！　なんで、なんでお父さんなのに分からないの⁉　あれは絶対に言っちゃいけないことだって！　久しぶりに会うピートを……わたしの大切な友達を、あんな酷《ひど》い言葉で侮辱して……！　普通人じゃなければ一発ビンタしてやりたかった！」

ガイの声を呼び水にカティが一気に語り出し、その頬をぽろぽろと涙が零《こぼ》れ落ちる。ナナオがそこに寄り添って抱き寄せながら背中をそっと手でさすった。仲間内でひときわ共感性の高いカティがそうなることは誰もが予想しており、その悲しみを、今はナナオが隣で受け止める。

「……優しくござるな、カティは。拙者の分まで怒ってくれてござる」

「……うぅ〜〜っ」

友人の優しさに包まれたカティが胸にぎゅっと顔を押し付ける。そのまま彼女の背中をさすり続けながら、ナナオが目を細めて静かに口を開き、

「……哀《かな》しい御仁でござったな。心の扉を固く閉ざす余り、もはや開き方すら忘れているように見え申した」

怒りから漉《こ》し取った所感をそう告げる。シェラの膝の上で、ピートが鼻をすすって頷《うなず》く。

「……分かってた。そもそも両極往来者《リバーシ》についての基本的な知識がないんだ、あの人には。ボクから送った手紙にもざっとは書いたし、あそこの『町付き』に訊《き》けば概要くらいはすぐ分かるはずだ。でも、たぶん調べようとすらしていない。不気味なものには近付かないし、理解出来ないものは遠ざける。……ずっとそういう生き方で通してきた人だから」

父親について語る友人の言葉を聞きながらオリバーは考える。……それはおそらく正しいが、まだ足りない。両極往来者《リバーシ》についての無理解だけでは自分たちへのあの対応が説明し切れない。ピートの心境を踏まえて慎重に言葉を選んだ上で、彼はその疑問を口にする。

「……魔法嫌いの普通人自体は、それほど珍しくない。日常的に接する魔法使いの態度が悪ければ印象も相応になるだろう。しかし――あの人の場合は、そのケースとはまた違う気がする。彼の言動の奥には、魔法使い《おれたち》に対する強固な憎しみを感じた……」

短いやり取りから受けた印象をもとにそう述べる。瞼《まぶた》を閉じたピートがこくりと頷《うなず》いてみせる。

「ボクのせいだろうな、それも。……あそこで喚《わめ》いた通りさ。母さんはボクを産んで死んだ。あんまり体の強い人じゃなかったみたいでさ……」

悲しい告白を受けた五人がそっと目を伏せ、シェラが無言でピートへの抱擁を強める。彼が語った事実――それが意味するところは単なる不幸だけではない。魔法の素養を持つ子供の妊娠は普通人の母親に大きな負荷をかける。子供が普通人である場合と比べて統計を取ってもその差は有意であり、もとより多大な体力を消耗する出産時の衰弱死という結果に繋《つな》がることもさほど珍しくはない。これは魔法使いが現場に立ち会ってすらも時には避け切れない悲劇であり――ピートがそうであるように、多くのケースにおいて子供だけが生き残る。

「ボクが魔法の素養を持っていなければ母さんは死ななかったかもしれない。だから、あの人にとってはボクが殺したのと同じことなんだ。……はは。参るけど、まぁ筋は通るよな」

「通ってござらぬ」「絶対通ってない」「通るかそんなもん」

ナナオとガイとカティが声を揃《そろ》えて断言する。その温かさにピートがくすりと微笑《ほほえ》む。

「優しいな、オマエら。けど……元々あったあの人の魔法嫌いに、その出来事が拍車を掛けたのはきっと事実だ。……記憶にある限り、ボクは一度も父に抱かれたことがない。幼い頃に世話をしてくれたのは雇われの乳母だ。そっちは別に悪い人じゃなかったけどな……」

昔を思い出しながら語るピートの声。そこから徐々に抑揚が失われていく。

「いちばん印象に残ってるのは、父と一緒に出歩いた時。……近所の人たちはボクが魔法の才能を持って生まれたことを知ってる。だからボクを見ると羨んだり持《も》て囃《はや》したり、ひどい時には膝を突いて拝んだりする。その度に――あの人は、何とも言えない顔をするんだ。怒りと悲しみと憎しみを皮一枚の笑顔で辛《かろ》うじて覆ったような。今すぐ目の前の連中を絞め殺してやりたい衝動を胸の中で必死に抑えてるみたいな。……そ、それを見る度に、ボクは……」

「――もういい。もういいのですわ、ピート」

遠い記憶に呪われながら、まるで責務のように語り続ける。見かねたオリバーたちが止めようとし、先んじて友人を引き戻すようにシェラが腕の中の体を強く抱き締めた。痛いほどの親愛がピートを我に返らせ、自分が今いる場所を思い出させ――やっと安堵《あんど》の息を吐かせる。自分はもうあそこにはいないのだと確認して。

「……悪いな、こんなしょうもない話に付き合わせて。……でも、大丈夫だ。今はむしろせいせいしてる。そんな実家と金輪際縁を切れるんだから」

そう言いながら手でシェラの頬に触れて感謝を示し、ゆっくりと彼女の膝から降りて、久しぶりに自分の足で床に立つ。もう大丈夫だと示すように軽く肩を回して、それからピートは仲間たちに向き直る。涙の痕が残る顔で精一杯の気丈さを繕った、それは余りにも儚《はかな》い笑顔で。

「ボクに帰る家はない。それはこれから自分で作る。……楽しみだよな。だってさ。今度は選んでいいんだろ？　一緒にいたいヤツを、初めから自分で――」


オリバーは知ってしまったのだ。彼の願いは、最初からずっとそこに在るのだと。

「……頼む。……落ち着いてくれ、ピート……」

目の前の友人に震える声で懇願する。他に出来ることがない。どれほど頭を回しても、気休めの説得すら頭に浮かばない。

だって、ピートは間違っていない。彼の願いは余りにもささやかだ。愛し愛される家族が欲しい――ただそれだけなのだ。多くの人々が望むまでもなく幼少期に与えられているはずの温《ぬく》もり。自分にすらそれはあった。今は喪《うしな》われていてもその時間は確かにあった。だがピートにはそれさえ無かった。だから今からでも埋めようとする。それのいったい何が罪だというのか。この世の誰がその望みを責められるというのか。

「冷静だよ。オマエのまつ毛の数だって数えられる。……勘違いするなよ？　別に無理強いする気なんてない。嫌なら断ってくれても別にいい」

ピートが語り続ける言葉。そのひとつひとつが緻密に隙間なく置かれた壁のようだとオリバーは思う。もうとっくに逃げ場などないのに、それでもまだ飽き足らずに厚みを増していく。

「けど——そうなるとボクも、相手を他に探すことになる。……別に苦労もしない。両極往来者《リバーシ》の血を欲しがる生徒なんて山ほどいる。適当に見繕って何人でもベッドに誘って、その中でいちばん具合が良かったヤツでも可愛《かわい》がろうかな」

オリバーは胸の内で叫ぶ。——させられるわけがない。それは余りにも魔法使いの生き方だ。オフィーリア＝サルヴァドーリがそうであったように、続ける程に人間としての自分をすり減らす生き様だ。

複数の相手と並行して関係を持つこと自体が問題の本質ではない。それだけなら昔の母もそうだった。そんな話ではなく、血の価値を含めた自分自身を目的達成の手段に貶《おとし》めていることが何より問題なのだ。ピートは断じて今言ったような生き方を望んでいるわけではない。そうするのが最も合理的だから選んでいるに過ぎない。だというのに、彼はその合理によって人格すら最適の形に加工しようとしている。無自覚のまま自分が元来持っていた本質を不可逆的に捻《ね》じ曲《ま》げようとしている。ああ——なんて悪夢だ。それはまるで、まるで、

「どうするんだ、オリバー。ボクを受け止めるのか、それとも放っておくのか。選択はふたつにひとつだ。難しいことは何もない」

そう、ない。選択など最初から存在しない。あるのは最悪の袋小路《ふくろこうじ》だけだ。

自分には決してピートを拒めない。彼が余りにも大切だから。

自分には決してピートを受け止めきれない。この命に残された時間は余りにも少ないから。

「そんな顔するなよ。……酷《ひど》いことを言ってる自覚はある。でも、別にオマエをナナオから奪おうとかじゃないんだ。オマエは今まで通り過ごして、ちゃんとナナオを大切にして、夜だけたまにボクの相手をすればいい。……その程度、キンバリー《こ　こ》じゃ別に珍しい関係でもないだろ？」

違う。やめてくれ。今ナナオの名前を出して俺の混乱を重ねないでくれ。

話はそこに至ってすらいない。それ以前のところで俺はとっくに詰んでいる。

君は知らないんだ、ピート。君が家族に欲《ほっ》する相手は、数年後にはもう生きていないと。

遠からず俺は終わる。魂魄融合《ソウルマージ》を繰り返して擦り切れたこの命に、残された時間は長くない。

ずっと君の傍《そば》にはいられない。どれほど君に望まれても、どんなに俺自身が望んでも。

「あと十秒待つ。拒むなら突き放せ。そうしないなら、ボクは同意として受け止める。

……いくぞ。……十……九……」

秒読みが始まる。心を焦がす苦悩とは裏腹に、どこか他人事《ひとごと》のようにオリバーはそれを聞く。

なぜなら少しも意味がない。選択肢が無いのに猶予だけがあるのなら、それは単に断頭台《ギロチン》の刃が落ちるまでの時間を数えているに過ぎない。

「……六……五……四……」

それに合わせたように意味のない思考がオリバーの頭を渦巻く。――君との関わり方を、俺は間違えたのだろうか。こんなにも近付くべきではなかったか。こんなにも親しむべきではなかったか。数いる学友のひとりとして頑《かたく》なに距離を置くべきだったのか。

出来たはずがない。仮に時を遡っても出来るとは思わない。だって――だって。最初に出会った入学式のあの日。この魔境に踏み入った生徒がいちばん心細かったはずのあの時。それでも君は、俺と並んで戦ってくれたじゃないか。ピート――。

「……三……二……一…………――零」

刃が落ちる。ピートが踏み出す。指一本動かせないままオリバーの唇が塞がれる。感触も分からない。ただ熱いと感じる。相手から注がれる想《おも》いを、その内に溜《た》めてきた感情の大きさをどうしようもなく肌で理解する。それに応じる資格を決して持ち得ない自分への、底知れない絶望と共に。

どちらも思考はもはやない。この瞬間に時はなく、息をしたいとすら思わない。

「……ぷぁっ……！」

最初に時を取り戻したのはピートだった。視界が白く明滅する中で唇を離し、相手の肩に摑《つか》まりながら荒い呼吸を重ねる。彼の限界が先に来たのはまだしも幸いだった。でなければオリバーは意識を失って崩れ落ちるまで動けずにいただろうから。

「……は、はは……腰が抜けそうだ……」

歓喜と背徳が斑《まだら》に入り混じる昂揚《こうよう》にピートの膝が笑う。もし男性体であれば今のキスだけで射精していただろうと掛け値なしに思う。この時に勝る興奮は先の人生で二度と訪れないかも知れず、自分がどれだけ深刻に相手を求めていたかを改めて自覚する。後悔はしない。いずれナナオに詫《わ》びる時が来たら腹でも何でも割いてみせる。だから今は、

「……憶《おぼ》えてるか、オリバー。ボクがオフィーリア先輩に攫《さら》われた時のこと。……底なし沼で溺れかけてたボクの手を、オマエが真っ先に掴《つか》んでくれたこと……」

「…………忘れるわけが、ない……」

問われたオリバーが掠《かす》れ声で答える。気付けばその頬を涙が伝っていて、ピートは迷わずそこに手を当てる。温かい雫《しずく》が手首から腕を伝い、やがて肘まで濡《ぬ》らしていく。

「ボクもさ。……あの時、冷たい暗い泥の中で、ボクはオマエの顔を思い浮かべた。どうしようもなく会いたいと願って、そしたらそれが本当になった。気付けばオマエは目の前にいて、ボクはオマエの腕に抱き締められてた。……あれはまるで――お伽噺《ときばなし》の、魔法だった……」

あらゆる感情を込めて告白する。それは感謝と呼ぶには煮詰まり過ぎて、愛情と呼ぶにはもはや何もかも手遅れに過ぎる。だが伝えられた。溶けた鋼を流し込むに同然の形でも知らしめることが出来た。ならばいい。人間としては最悪でも、魔法使いとしてはこれでいい。

「……何をして欲しい？　何でもしてやるよ。オマエが望むなら、どんなことでも……」

シャツの隙間に指を差し入れながら、自分の全てで相手を悦《よろこ》ばせたいとピートは願う。これ

が呪いだとは分かっている。だからこそ同じだけ愛したい。幸せが無理だとしても快楽くらいは浴びせるほどに与えてやりたい。それは自分が付けた傷を埋める軟膏《なんこう》程度には役立つかもしれないから。だが待てども返答はなく、辛《かろ》うじて動いたオリバーの手が弱々しく目の前の髪を梳《す》くばかり。愛《いと》しさと寂しさがどうしようもなくピートの胸を満たす。

「……何も言ってくれないんだな。……いいよ。じゃあボクのやりたいようにする。同じ部屋でかれこれ三年我慢した。……いい加減、ボクも限界だ」

そう告げると同時に抱き締めた体の向きを変え、愛《いと》しい体温をすぐそばのベッドへと押し倒す。今までピートが何度も手当て《ヒーリング》を受けてきたその場所で、今夜からは違う意味をもってふたりの体が重なり合う――。

第三章

騒乱《メイヘム》

自分の実力がどの程度であるか――それを知る方法は一通りではないが、四年生以上なら迷宮トレイルランを単独で走ってみるのが手っ取り早い。上位勢の記録を把握した上で走れば自《おの》ずと見えてくるものがある。繰り返してアベレージを計れば、同じものはなお鮮明になる。

「……ぜぇっ……ぜぇっ……！」

故に、ガイもまた頂上を目指して巨大樹の枝を駆け登っている。――〈生還者《サバイバー》〉の指導の下でメインの訓練フィールドとして活用してきた分、この階層への理解度はオリバーやナナオよりもむしろ彼のほうが深い。ただ登って下りるだけならもはや何の不安もないが、そこにタイムという条件が加わると話は一気に違ってくる。それが同学年トップ層の水準であれば尚《なお》のこと。

「雷光疾りて《トニトゥルス》！　どいてろてめぇら！　今日は機嫌悪ぃぞおれぁ！」

気配に気付いてちょっかいを出そうとする魔獣たちを、ガイは足を止めずに威嚇の声を交えた呪文で牽制《けんせい》する。魔獣たちも不利な条件での戦いは望まないため、こうして先手を打てば襲撃そのものを封じられることは多い。タイムを縮める上で重要な立ち回りのひとつだ。

行く手を急ぐガイの前で足場の枝が急激に角度を増す。もはや坂道というよりも崖に等しい傾斜だが、だとしても呑気《のんき》に登攀《クライミング》しているような暇はない。疲労を押して魔力を操り、早鐘を打つ心臓を宥《なだ》めながら踏み立つ壁面《ウォールウォーク》で険しい道を駆け上っていく。その足取りがやがて大樹の頂上へと達すると、彼は到着と同時にその場へ倒れ込んだ。

「――はーっ、はーっ……！　……ったく、よくやるぜこんなもん……！　しかも往復した後でもピンピンしてるってんだからよ……！」

愚痴を漏らしながら懐中時計を取り出してタイムを確認する。……目標にしたオリバーの記録に対して三分と二十秒の遅れ。しかも休息を挟む自分と違って彼はここから間を置かず復路に移るため、往復の記録ではさらに大きく差が開く。それを再確認したところでガイは盛大にため息を吐いた。

「……追い付けねぇ。……あんたの言う通りっすよ、バルディア先生……」

ローブの懐《ふところ》に忍ばせた呪果を指先でなぞってガイが呟《つぶや》く。そうして思う――彼女の指摘は正しいと。友人たちとの差は大きく開き、自分はそれを埋めるための力を性急に欲《ほっ》している。呪術がそれを実現し得るひとつの可能性であるなら、魅力を感じないと言えば嘘《うそ》になる。

だが、それを上回る躊躇《ちゅうちょ》もガイの中には根強くある。ひとりの魔法使いから呪者へと踏み出す一歩はそれだけ重い。何を得る代わりに何を捨てることになるのか――その結果にはもはや正確な想像すら難しく、だからこそ安易には決して選べない。

そんな思考を巡らせながら、心拍が平常に戻ったところでガイは上体を起こす。……焦《あせ》りも悩みも消え去りはしないが、ひとまず頭から追い払うことは出来た。とりわけカティとの接触で生じた雑念が薄れたのはありがたい。単純に出来ている自分の頭に感謝しながら立ち上がったガイだが、その視界の端にふと人影を見つける。やや離れた木の瘤《こぶ》の陰に、ぽつんと座っている同学年の女生徒がひとりいた。

「――あ？　なんだよ、先客いたのか。……怪我《けが》してんのか？」

「……ほっといてよ。治癒は済んでる。ちょっと下手打って体力使い過ぎたから休んでるだけ」

問いに対して素っ気ない声が返る。手持ちの懐中時計に視線をやった上で、ガイが再び口を開く。

「つったって、もう下り始めねぇと二限にも間に合わねぇぞ。おまえ単独《ソロ》だろ。その調子でいけんのかよ？」

「…………」

女生徒が黙り込み、ガイがやはりかと肩をすくめる。授業時間に間に合うよう迷宮を行き来するのはキンバリー生の嗜《たしな》みだが、このように移動が予定通りにいかないケースもしばしば起こり、単独行の場合は特にリカバリーの難度が上がる。自分もさんざん通った道であることを思いながら、ガイは女生徒を手招きした。

「来いよ。おれはまだ魔力にゃ余裕あるし、組めばどうとでもなんだろ」

「……何が欲しいわけ？」

じろりと疑わしげな視線を向けてくる女生徒に、ガイがため息をついてかぶりを振る。

「いらねぇよ何も。どうしてこう面倒臭ぇかねキンバリーの連中は……最初《ハナ》っから持ちつ持たれつだこんなもん。おれだって迷宮でヘタ打つこたぁあるんだし、次はおまえに助けを求めるかもしれねぇじゃねぇか」

「…………」

「どうしてもっつーなら購買でなんか奢《おご》れ。これで文句ねぇか、マックリー」

言葉を付け足した上で相手の名前を呼ぶ。しばし逡巡《しゅんじゅん》していた女生徒だが、やがて渋々と言った顔で立ち上がった。やや小柄な体格とつり目がちな顔つき。入学パレードでカティの受難に一役買った頃と変わらぬ印象のアニー＝マックリーの姿を、ガイは腕を組んで軽く眺めた。

「やっと動きやがった。……つーか、何でソロなんだおまえ。お仲間いっぱいいただろ？」

「あいつらとはもうつるんでない。別に大して気が合ったわけでもないし」

「ふーん？　そういうもんか。おれは一年の頃からずっと同じメンツとつるんでるけどな」

「そっちがむしろ変なの。仲良すぎて気味悪いわよあんたら。夜とか全員同じベッドで寝てんじゃないの？」

組むと決めて間もないのにさっそく皮肉を投げて寄越す。そんな相手の性格に苦笑しながら、ガイが巨大樹の麓へと視線を向ける。

「相変わらずの性格みたいで安心したぜ。……遅れんなよ？」

「は、さすが決闘リーグ本戦出場者サマは言うことが違うわね。背中は撃たないから安心すれば？」

憎まれ口を叩《たた》き合いながら降り始めて間もなく、斜面の半ばでガイがぴたりと足を止める。

隣り合った枝の上で相争う小型の魔猿たちの姿がその視界に入っていた。

「KIIIII！」「GIIIIII――！」

同種での争い自体はさほど珍しい光景ではない。が、その程度が激しすぎるようにガイは思った。奇声を上げて飛び掛かった魔猿の一頭が相手の顔面へ齧《かぶ》りつき、頬の肉を噛《か》み千切りながらさらに両手で耳を毟《むし》り取《と》ろうとする。もはや小競《こぜ》り合《あ》いのレベルではなく殺し合いに踏み込んでいた。これほど激しく争う姿は繁殖期ですらそうは目にしない。

「……？」「ちょっと。何止まってんのよ」

眉根を寄せるマックリーの隣でガイが半ば反射的に耳を澄ませる。常より生命の気配に満ちた場所ではあるが、今はあらゆる角度から闘争の気配を帯びた物音が耳に届いていた。〈生還《サバイ》者《バー》〉に鍛えられた感覚が警告する――油断するな。これは普通ではない、と。

「……警戒しろマックリー。おかしいぞ、こりゃ」

同じ頃。朝を迎えた男子寮の一室で、オリバーは重い眠りから目を覚ましていた。

「……う……」

感覚の覚束《おぼつか》ない両手でベッドを押して上体を起こす。不調というわけではない――ただ、様々な感覚の残滓《ざんし》のようなものが体を重くしていた。じわりと涙が滲《にじ》む。起き抜けの回らない頭では、胸を満たす感情が哀《かな》しみなのか悔いなのかも分からない。

「起きたな、オリバー。……気分はどうだ？」

そこに真横から声がかかる。ハッとして顔を向ければ、すでに制服に着替えたピートが微笑《ほほえ》みを浮かべて椅子に腰かけていた。同時に全ての記憶がオリバーの中で鮮明な像を結ぶ。女性装に身を包んで待っていたルームメイトの姿、彼と交わした否応《いやおう》のない問答。そして何よりも、夜の間に自分たちが行った全てのことが。

「……っ……」

「最悪だよな、知ってる。……まぁお茶でも飲めよ。その程度で切り替わりはしないだろうけど」

そう言いながら、ピートが淹《い》れてあったお茶のカップを差し出す。半ば無意識にそれを受け取ったところでオリバーも気付いた。今のピートは女性装ではない。普段通りの制服を身にまとい、いつもと同じように授業へ向かおうとしている。昨夜の出来事は一切外に漏らさないと、その姿がすでに示していた。彼自身はすでに気持ちの整理を終えていることも。

「午前は休めよ。みんなにはボクから適当に誤魔化しとく」

「……いや……」

「だーめ」

ベッドから降りようとしたオリバーの肩をピートが優しく押し止める。戸惑う相手に微笑《ほほえ》んだまま身を寄せて、その耳元で彼は囁《ささや》く。

「その顔じゃ行かせられない。ボクがいくら誤魔化しても無意味になる。……だろ?」

「…………っ」

言われたオリバーが身を震わせて俯《うつむ》く。今の彼には自分がどんな表情でいるのかさえ分からない。が、そんな姿さえ愛おしむように、彼の頬をピートが嘆息して指でなぞる。

「あんまり切ない表情するなよ。……朝から押し倒したくなる。昨日あれだけしたのに」

囁《ささや》かれた声にオリバーがびくりと震える。その額に優しくキスをしたところで、ピートは立ち上がって身をひるがえした。

「ナナオ相手でも取り繕える自信が出来たら来い。……じゃあな、オリバー。また後で」

静かに告げて部屋を後にする。その背中を見送ることすら出来ないまま、オリバーはベッドの上でじっと黙り込んでいた。

乱れた心を整え、最低限の平静を取り戻すだけでも一時間以上かかった。どうにか身支度を済ませて寮を出る頃には午前九時を回っており、そこからどう動くかがオリバーをまた悩ませた。……辛《かろ》うじて皮一枚は普段通りの自分を演じていられるが、それでもまだ仲間と顔を合わせたくはない。いっそ同志のテオに影武者を頼むことすら頭に浮かぶが、こんな特殊な状況で用いるべき手でないことは明白だ。

ならば、せめて段階を踏みたい。親しい面々と顔を合わせる前に、そこまで距離が近くない相手と接することで自分を馴《な》らしたい。そう考えながら、半ば無意識の遠回りで校舎へと足を運んでいく。周りを行き来する生徒たちの中から「友人と呼べる程ではない知己」を選《え》り分ける――そんな自分の身勝手さにほとほと呆《あき》れながら。

「……？」

と、その視線が校庭の片隅にふたつの姿を捉えた。ひどく慌てた様子で男女ふたりの四年生が言葉を交わしている。遮音の壁を張る余裕もないようで、オリバーが少し意識すると会話がそのまま耳に飛び込んできた。

「――見つかったか⁉」

「ダメだ！　校舎はぜんぶ回ったけどどこにもいない！」

「く……やはり迷宮か……！」

男子生徒の報告を聞いた女生徒のほうが歯噛《はが》みする。トラブルの気配を感じながら、オリバーがそこへ歩み寄った。

「……何か、あったのか？」

「え──」「──ッ！　Mr《ミスター》.ホーン……！」

彼の接近に気付いたふたりが同時に身構える。そこに両手を上げて敵意のないことを示しつつ、オリバーは努めて穏やかに言葉を重ねる。

「警戒しなくていい。決闘リーグはとっくに終わって、今の俺たちはノーサイドのはずだ。……そうだろう？　Mr《ミスター》.バルテにMs《ミズ》.バルテ」

警戒を解くよう促しながら相手の名前を呼ばわる。去年の決闘リーグ決勝戦、ヴァロワ隊との一戦で杖《つえ》を交えた相手だった。制服を几帳面《きちょうめん》に着込んだやや堅そうな女生徒のほうがレリア＝バルテ、そんな彼女と比較して少しラフな印象を受ける男子生徒のほうがギー＝バルテ。共にユルシュル＝ヴァロワの従者であるふたりだが、主がいない場では姉弟のイメージが先行する。漏れ聞いた会話から状況を察しつつオリバーが問いかけた。

「Ms《ミズ》.ヴァロワが行方不明なのか。……状況はどれくらい深刻だ？　姿を消してからの経過時間は？」

「……どうするつもりだ。それを知って」

「現状を推測し、場合によっては捜索に助力する。彼女ほどの手練《てだ》れが遭難したなら相応の脅威も予測されるだろう。頭数は多いほうがいいはずだ」

警戒を解かぬまま睨《にら》んでくるふたりに、オリバーは淡々とそう口にする。それが思考の逃げ場を求めての提案であることは自覚していたが、少なくとも助力の意思そのものに偽りはない。まっすぐ自分たちを見つめるオリバーの瞳からそれを察したのか、弟よりも先に姉のレリアのほうが警戒を緩めた。軽くため息をついて彼女が会話に応じる。

「ありがたい申し出だが、客観的に見てそこまでの事態とは言えない。……経過時間はかれこれ六時間ほどだ」

「六時間？　つまり朝から姿が見えない程度か。なら慌てるほどの段階か？　彼女の単独行がよほど珍しいなら話は別だが――」

怪訝《けげん》に思ったオリバーが首をかしげる。レリアが険しい面持ちで首を横に振る。

「逆だ。最近になってこれが日常化しているから我々は焦《あせ》っている。……去年まではこうではなかった。迷宮に潜る際には必ず我々を伴ってくれたし、別行動の際も連絡を欠かすことはなかった。だが、今は……」

言葉を切ったレリアが苦い面持ちで俯《うつむ》く。そんな彼女の隣から弟のギーがオリバーを睨《にら》んだ。

「お前のせいだぞ、ホーン。お前たちに負けてからだ。ユルシュル様が変わられたのは……！」

「やめろ、ギー！　主に重ねて恥をかかせるつもりか！」

弟の言動をレリアが鋭く諌《いさ》め、オリバーが無言で姉弟を見返す。逆恨みと責めても始まらない。試合でのヴァロワとのやり取りを思い返せば、互いの間に遺恨があるのはむしろ当然だ。その過去を踏まえながら、彼は慎重に言葉を選んで話を続ける。

「試合の結果について負い目はない。……だが、それは責任を感じないこととイコールではない。ひとまず事情は分かった。今すぐどうこうではなく、どうやら継続的な注意が求められる段階のようだ。

あくまで提案として聞いて欲しいが、こういう形ならどうだ。今後は独りでいる彼女の姿を見かけたら積極的に君たちに伝え、友人たちにもそう言っておく。もちろんMs《ミズ》・ヴァロワ自身にはこのやり取りを内緒にしたままで」

顔を見合わせた姉弟が複雑な表情で押し黙る。その時点でオリバーの憶測は確信に変わった。……ヴァロワの性格からして交友関係が広いとは思えず、今の彼らには気軽に頼れる同学年の知己が乏しいのだろう。自分からの提案すら即答で拒絶できない程に。

返答には長い時間を要した。が、最終的にレリアは首を縦に振った。

「……ひとつ借りておこう。だが、あくまで私個人としてだ。そこは勘違いするな」

念押しの確認にオリバーが頷《うなず》きで返す。恩に着せるつもりなど元より毛頭なく、むしろ今の自分に付き合ってくれたことに感謝すら覚えていた。が、さすがにそれは口には出さなかった。

今後の連絡を約束したバルテ姉弟と別れた後、オリバーの足はそのまま友誼《ゆうぎ》の間へと向かった。去年までは自分たちの憩いの場でもあった場所だが、四年生になった今は訪れる意味合いが変わる。下級生たちの視線を感じながら彼が大広間に足を踏み入れると、その姿に気付いた知り合いの面々がさっそく反応した。

「――あ！　ディーン、見て！」「来てくれたんすか、ホーン先輩！」

同じテーブルを囲んでいた後輩ふたりが同時に手を振ってくる。もはやお馴染《なじ》みの感もある三年生のディーン＝トラヴァースとピーター＝コーニッシュだ。ふたりのほうへ歩み寄りながらオリバーも手を振り返す。

「少し顔が見たくなってな。……あれからどうだ、Mr《ミスター》．トラヴァース。技術は順調に磨けているか？」

「はい、だいぶマシになったつもりっす！　ってか、いい加減ディーンって呼んでくれませんか？　おれはもう勝手に師匠だと思ってるんで！」

「あ、だったら僕もピーターでお願いします！　ピート先輩と似ててちょっとややこしいかもだけど！」

前のめりで距離を詰めてくる後輩ふたりにオリバーの口元が緩む。バルテ姉弟との会話が多少の馴《な》らしになったようで、今は彼らの勢いと無邪気さが気を紛らわせてくれた。内心で感謝しつつ、オリバーは頷《うなず》きながら椅子に腰を下ろす。

「分かったよ、ディーン、ピーター。君たちはいつも元気でいいな。……そう言えば、他のふたりは一緒じゃないのか？　テレサはともかく、Ms《ミズ》．アップルトンはいつも傍《そば》にいる印象だったが……」

「あー、リタは……」

「理由はよく分かんねぇんすけど、昨日くらいからすげぇへこんでまして。今は花壇でひたすら土いじってます。それがいちばん気が落ち着くみたいで」

言《い》い淀《よど》むピーターの隣でディーンが肩をすくめる。リタ＝アップルトンが落ち込んでいる、というのはオリバーにも気掛かりな情報だった。仲間内でも彼女は特にガイを慕っているが、そのガイにも最近は悩みを抱えている節がある。双方は無関係ではないような気もしたが、さすがに本人がいない時に根掘り葉掘り尋ねるのは気が咎《とが》めた。聞いたことは心に留め置いて、オリバーは目の前の後輩へと意識を戻す。

「そうか。……何となくだがディーン、君も少し無理をしているように見える。何かあったか？」

「……へ⁉　な――何もねぇっすよ！　おれはぜんぜん平気っすから！」

問われたディーンが激しく首を振って否定する。が、そこに多少の空元気が混じっていることをオリバーは見逃さなかった。彼にも彼の悩みがあって当然だが、それもやはりガイとリタの現状とタイミングが重なっている点が気になる。この辺りの人間関係をもっと知っておくべきか――オリバーがそう感じ始めたところで、ディーンが焦《あせ》りを誤魔化すように話を変える。

「テ、テレサのほうはどうせいつもの放浪っすよ。たぶん腹減ったら来るんじゃないすか――」

その言葉の途中で、ど、と背後から音が響く。オリバーが振り向くと、ふたりの従者を連れた金髪の女生徒が自分を見つめながら忘我の面持ちでそこに立っていた。足元には分厚い本が表紙を晒《さら》して横たわり、さっきの音は彼女がそれを取り落としたものだと分かる。が、本人は一向にそれを拾おうとせず、赤い瞳でまっすぐにオリバーを見据え続けていた。

「――……」

「どうされましたかフェリシア様！」「お気を確かに！」

床から本を速やかに回収しつつ、従者の男女が両脇から主を気遣う。それで我に返った女生徒が、一度大きく深呼吸した上で彼らに応じた。

「……問題ない。些《いささ》か不意打ちだったのでな。臍《へそ》の下にズンと来た」

微笑《ほほえ》み交じりに呟《つぶや》いて歩み寄ってくる少女。その姿にはオリバーの側でも少なからず見覚えがあった。去年の決闘リーグではテレサたちと並んで本戦に残り、それ以降も同学年の中で何かと話題になる人物でもある三年生。下級生離れしたその威厳と風格には、昨年度に卒業した兄――あのレオンシオ＝エチェバルリアと共通するものが多すぎる。

「……君は……」

「こんにちはホーン先輩。フェリシア＝エチェバルリアだ。近々挨拶に伺おうと思っていたのだが、よもやそちらから来てくれるとは。フフ……危うく軽く達するところだったよ」

「いや、おれらに会いに来てくれたんだけどな。何の用だよおまえ」

「控えろトラヴァース。焦《あせ》らずとも、君はまた後で愛《め》でてやる」

声を挟んだディーンを軽く制しつつ、彼女はオリバーと向き合ったまま悠然と腕を組む。

「決闘リーグでの奮戦は見守らせてもらった。まぁ——悪くない。実に悪くない。今思い出しても笑みが零《こぼ》れる程度には悪くない。同じ試合で直接争えなかったのが実に悔やまれる」

「そ、そうか。いやその、光栄だが……」

「この上なく光栄だとも。さて、そこであなたに贈り物がある。両手を前に」

そう告げたフェリシアがパチンと指を鳴らす。すぐさま主の意を組んだ従者のひとりが肩に提げた鞄《かばん》から箱を取り出し、両手に捧《ささ》げ持ったそれを恭《うやうや》しくオリバーへ差し出す。同時にもうひとりの従者が杖《つえ》を振ってその蓋を開き、自然と中身がオリバーの視線に晒《さら》される。

首輪がそこにあった。上等な革をベースに、随所に金の装飾が施されたそれが。

「……？　…………？？？」

「如何《いかが》かな？　私が手ずから素材を吟味して意匠にも粋を凝らした。気に入ると良《い》いのだが」

かすかに頬を紅潮させてフェリシアが言う。その姿はまるきり意中の相手に初めて贈り物をした人間のそれで、表情にも年齢相応の緊張と照れが見て取れる。そこだけ見れば何とも微笑《ほほえ》ましいのに、肝心の贈呈物の内容が全てを台無しにして余りある。オリバーが思わず目をこすった。贈られた物と送り主の言動のかつてないミスマッチに、彼はまず自分の視覚を疑った。

「……す、すまないＭｓ．《ミズ》フェリシア。俺が縮尺を見誤っているのかもしれない。これは、その……腕輪、だろうか……？」

「はははは！　さすがは先輩、愉快な冗談だ。だが安心してくれ、巻けば必ずしっくり来る。あなたの首回りは入念に観察したのでね。エチェバルリアの名に誓って調整は完璧だ」

唯一の希望であった可能性を本人の説明が粉微塵《みじん》に打ち砕く。いよいよもって致命的な感性の隔たりを認識しながら、オリバーは救いを求めてふたりの後輩へ目を向ける。

「……すまないディーン、ピーター、頭が混乱してきた。これは……なんだ。俺はどうすればいい……？」

「こういうやつなんすよ……」「突っ返せばいいと思います、普通に」

「いやしかし、好意の贈り物ではあるようで……無下に断るというのも――」

フェリシアの顔と首輪を見比べて対応に困り果てるオリバー。が――そこで真横から伸びた一本の手が彼を悩ませるものを鷲摑《わしづか》みにする。ぎょっと視線を向けると、忽然《こつぜん》と現れた隠形の少女がそこに立っていた。微動だにせぬ視線で首輪を見据えたまま。

「………………」

「――テレ、サ」

硬直したオリバーの前で、テレサの両手が首輪を握り締める。細い腕からは想像も出来ない力がそこに加わる。魔法加工も加わって相当な強度であろう革製のベルトをみしみしと左右へ広げ、その勢いのまま引き千切る。オリバーがひゅっと息を呑《の》む。友誼《ゆうぎ》の間が異様な沈黙で満たされる。

砕け散った金の装飾が足元に散らばる。千切れた首輪が床へ乱雑に放られる。それらを諸共に靴底で踏み付けながら、テレサは抜き放った杖剣《じょうけん》の切っ先を相手に向け――告げる。

「決闘だ。表に出ろ、女狐」

「――ハ、いい度胸だ。痩せた番犬如《ごと》きが――！」

凶暴な笑みでフェリシアもまた応じ、状況を見守っていた周りの生徒たちが一斉に色めき立つ。もはや血を見ずには収まらないと、その流れの全てがオリバーに絶望的な理解を強いる――。

「……なんで相手した？　さっき」

鬱蒼《うっそう》と茂る迷宮二層の木立にぽつりと声が響く。それを背中に受けた女生徒がぴたりと足を止めて連れに向き直った。オリバーと別れてすぐさま迷宮へ主を探しに潜ったバルテ姉弟である。

「どういう意味だ。ギー」

「とぼけんなよ姉ちゃん。なんでこっちの状況をホーンに話したのかって訊《き》いてんだ。……俺も途中で一枚噛《か》んじまったから強く言えねぇけど、そもそも無視すりゃ良かったろあんなの」

不満も露《あら》わにギーが姉に問う。それを聞いたレリアが大きなため息を吐く。

「我々がユルシュル様を十全に支えられていればな。……が、現状はこの有様《ありさま》だ。お前とて醜態を晒《さら》している自覚はあろう」

「だからってホーンに頼るこたねぇだろ。ユルシュル様はあいつがいっとう嫌いだし、そもそも状況がこうなった原因じゃねぇか」

なおも反論を重ねる弟へ、レリアが首を横に振ってみせる。

「それは違うぞ弟よ。原因は初めから我々の中にあり、ホーンとヒビヤはそれを浮き彫りにしたに過ぎない。あの試合でユルシュル様と深く向き合うことによって、な」

「…………」

「我々にはずっと出来なかったことだ。まずそれを認めねば何も始まらない。……今までの我々は断じて従者などではなかった。それ未満のただの傀儡《かいらい》だ。──他に何と呼べる？　主の命に諾々と従うばかりで、その御心に寄り添うことすら叶《かな》わなかった長年の無為を……」

「……ッ！　ユルシュル様が望んだことだろうよ、それも！　最初に弁《わきま》えさせられたはずだ、俺たちはただの使い魔に過ぎねぇって……！」

「気付け愚弟！　それはあの方の本当の望みではないのだと！」

語気を強めてレリアが叫ぶ。その瞳に滲《にじ》む涙を見て取った瞬間、ギーは即座に反論を打ち切って姉の体を抱き締めた。……常は堅実に振る舞って弟の浅慮を窘《たしな》める彼女だが、一線を越えて檄《げき》した時にはその役割が逆になる。震える体と体温を腕の中に感じながら、ギーは姉へと問いかける。

「……落ち着けよ、姉ちゃん。一体どうしたいんだ。まさかコーンウォリスやエイムズのとこでも見習おうってのか？　俺たちが今さらそんな風になれるとでも？」

「……他所を真似《まね》ようとは思わん。が、主従の在り方を見直したいという意味ではその通りだ。……少なくともお前が挙げた双方について言えば、今の我々のような不様は晒《さら》していないのだから……」

胸に顔を押し付けたレリアがぐすぐすと鼻を鳴らす。苦い薬のようにその言葉を受け止めながら、ギーは途方に暮れて頭上を仰ぐ。

「姉ちゃんの言うことが正しいのかもしれねぇ。……けど、頭が回んねぇよ。だっていい従者ってどういうもんだ？　そりゃモノとして役立つのとは違うのか？　……自分が人間だと考えたこともねぇ俺たちに、そんなもんが本当に務まんのか……？」

疑問を口に出すと心細さに声が震える。傀儡《かいらい》の立場を超えて踏み出そうとすれば、そこは彼らにとってもはや標《しるべ》のひとつとてない吹きさらしの荒野だ。どこへ向かうべきか何をすべきかも分からないのに、もうこの場所に留まれないことだけは肌で感じている。あるいは主も同じなのだろうかとギーは思った。当てもなく荒野に放り出されたのは自分たちだけではなく、彼女もまた標《しるべ》を無くして彷徨《さまよ》っているのかもしれないと。

「――――？」

と、ぴくりと肩を震わせたレリアが弟から身を離す。彼女が鋭い視線を周囲に巡らせた時には同じ警戒をすでにギーも共有している。あらゆる角度から響く異様な物音、肌を刺す無数の敵意を、ふたりはすでに感じていた。

「……姉ちゃん」

「構えろ、ギー。――様子がおかしい」

臨戦態勢に入った姉弟が背中合わせに杖剣《じょうけん》を構える。それと時を同じくして、木立の暗がりから殺気立った魔獣たちが続けざまに飛び出してきた。

事の経緯からして、決闘の立会人をオリバーが務めることになるのは必然だった。それ以前に尋常でない剣幕のテレサを彼としても放置出来ず、諭して事を収められるような段階でも当然ない。やむなく場所に選んだ校庭の一角は呼びもしない野次馬であっという間に埋まった。それも当然の流れと言えた。決闘の当事者ふたりが決闘リーグでも本戦に残った強者、おまけに事の発端が上級生を巡る痴話喧嘩《ちわげんか》らしいとなれば。

「――大した吠《ほ》えようだな痩せ犬。飼い主に首輪を送られたことが余程気に障《さわ》ったか？」

悠然と腕を組んだフェリシアが重ねて挑発する。対峙《たいじ》するテレサが目を伏せたままぶつぶつと呟《つぶや》く。

「……まず前歯……次に爪……それから指……」

「ふ、会話が成立せんな。面白い。ここまで剥《む》き出《だ》しの怒りをぶつけられるのも新鮮だ」

「このような輩《やから》に御手を煩わせることなど！」「代わって我々が相手を！」

フェリシアの左右に進み出て主張する従者ふたり。同時に主の両手がその耳たぶを摑《つか》んで捻《ひね》り上げた。

「「あぁ～～～～っ！」」

「控えろ馬鹿ども。――分からんか？　私は楽しんでいるのだ。

さぁ、始めてくれ先輩。心配せずとも殺しはしない。あちらはそうでもないようだが」

余裕綽々《よゆうしやくしやく》に構えたフェリシアが開戦を促す。厳しい面持ちで立つオリバーに、ピーターとディーンが背後から耳打ちする。

「……大丈夫ですよ、先輩」「いざとなったらおれらが突っ込んで両方止めます」

「……ありがとう、ふたりとも。だが――その時は俺がやる」

ふたりの気遣いに感謝しながらそう告げる。が、どちらを止めることになるかはオリバーにも分からなかった。――実のところ、この決闘の結果は彼にも予想が付かない。自ら戦うことが稀《まれ》なフェリシア＝エチェバルリアの実力は決闘リーグの記録映像から推し量るしかないが、それでも三年生の中で抜きん出ていることだけは分かる。隠形からの不意打ちを含めた「何でもあり」ならテレサに軍配が上がるだろうが、その強みが活《い》かせない状況はディーンとの決闘の時と同様だ。

だが、テレサにも二年分の研鑽《けんさん》がある。一年の頃と比べれば公の場での戦いにも格段に慣れただろう。それらの変数の足し引きがどちらの有利に収束するにせよ、立ち合うオリバーはあらゆる状況に備えておく必要がある。場合によっては双方へ麻痺《まひ》呪文を叩《たた》き込むことにもなり得るのだから。

「……両者、杖《つえ》を構えて」

覚悟を決めて口を開く。対峙《たいじ》する両者の間で殺気が膨れ上がる。檻《おり》から猛獣を解き放つにも似た合図がオリバーの口から放たれかけ――その瞬間に、校舎の方向から異様な喧騒《けんそう》が響く。

「――む？」

「――――」

同じものに気付いたフェリシアとテレサが視線をそちらへ向ける。オリバーの意識もすでに切り替わっていた。……ルールに沿って段取りを踏んでいる以上、彼女らの決闘そのものは止められない。が、それにも優先順位というものが歴然とある。

「そこまでだ、ふたりとも。……何かが起こっている」

「──統括！」

ただならぬ緊迫感をまとったメンバーが生徒会本部へ駆け込むと同時に、昼食のサンドイッチに齧《かぶ》りつこうとしていたティムがぴたりと動きを止めた。

「……おい、マジかよ。このタイミングでか」

報告を聞き終えると同時に舌打ちし、手付かずの食事をバスケットに戻して蓋をする。……固めに焼いたバゲットに炙《あぶ》ったハムをこれでもかと挟んだお気に入りの一品だ。が、間が悪いのはそれにお預けを食ったことではない──。

「──校内の下級生は速やかに寮へ退避！　迷宮で大規模な異変が起こった！」

「おらおら急げ！　火元は二層だ、校舎も安全とは限らねぇぞ！」

大きく響き渡るテッドとダスティンの声が生徒たちに行動を急がせる。こうした事態で一目散に逃げ出す者はキンバリーだとむしろ少ないが、今は彼らの行動が校内の危機感を積極的に煽《あお》っていた。余程の有事でなければ見られない光景だ。

その声を聞き付けたひとりの男がテッドたちのもとへ歩み寄り、気付いたふたりがそちらに目を向けた。寡黙な魔法植物学の担当教師、ダヴィド＝ホルツヴァートである。

「……君たちから避難指示を出しているのか？」

「はい、ホルツヴァート先生。いつもなら生徒会に任せるところですが、キンバリーの現状を踏まえてこうするべきと判断しました。校長に許可は取っていませんが反対されますか？」

「現時点で異論はない。が、このまま君たちで事態の収拾に当たるのか？」

「いえ。そこは従来通り生徒に任せて、我々は生徒会を通したサポートに徹するつもりです」

「ならば良い。私は庭の世話に戻る。手が足りなければ報せろ」

手短に確認を済ませると、男はすぐさま身をひるがえして廊下を立ち去る。テッドとダスティンが同時に安堵《あんど》の息を吐いた。他の教師に睨《にら》まれることも覚悟の行動なのだ。

「……割と好意的に見てくれてるっぽいな、あの人は。敵に回すと死ぬほどおっかねぇから助かるぜ」

「ええ。ああ言ってくれましたし、手が必要な時は遠慮なく頼りましょう」

ダヴィドを潜在的な協力者に数えながらテッドが言う。幸いにも今の時点で彼らと目立って対立している教師はいない。校内保安を生徒に預けられる状況でないことは誰もが理解しており、今のような出しゃばりも多少は黙認されるだろうとテッドは踏んでいる。無論、ひとつ線引きを見誤れば文字通りに首が飛びかねない行動ではあるが。

「物騒な学校だねぇ。これが毎年のように起こるなんて」

「……ファーカー先生」

　音もなく現れた〈大賢者〉の姿にテッドが目を細める。――彼らにとって厄介なのはむしろこちらだ。テッドたちは従来のキンバリーを踏まえて慎重にその規範から逸脱しているが、ロッド＝ファーカーにはそもそも校風に対する拘《こだわ》りがない。本人の自信と不遜な性格も相まって、目を離せばとんでもない行動を起こし得る。そこに関してはむしろ自分たちが抑える側に回らなければならないとテッドたちも警戒していた。

「生徒たちに頑張らせるのが慣例みたいだけど、僕が動いちゃダメかい？　可愛《かわい》い教え子の被害はなるべく少なく済ませたいんだけどね」

「お控えください。キンバリーにはキンバリーの掟《おきて》があります。それは〈大賢者〉と言えど軽はずみに破って良いものではないとお分かりになるはず」

　言葉を選びながらも強い口調でテッドが言う。前の一件を踏まえて耐性は万全に付けて来ており、魅了に惑わされるような下手はもはや打たない。ファーカーが肩をすくめて微笑《ほほえ》んだ。それはまるで、頑固な子供を前にした親のように。

　下級生に避難が促された以上、上級生は自《おの》ずと状況への対処に回ることになる。召集を命じられた生徒たちが討議の間に続々と集まり、その中には剣花団の面々も含まれた。

「――オリバー！」

「遅れてすまない！　状況はどうだ、仲間は無事か⁉」

駆け込んできた友人の姿を見つけたシェラが声を上げ、周りの仲間たちも一斉に振り向く。その時点でオリバーは嫌な予感がした。ナナオもカティも、朝に別れて以来のピートもいる。だが、真っ先に目に入るはずの長身が見当たらない。

「――ガイが、ガイがいないの……！　適当にぶらつくって言って朝に別れたきり！　いつもなら迷宮に潜る時は必ず声かけてくれるのに……！」

「――ッ！」

焦《あせ》りに揺れるカティの言葉が嫌な予感を裏付ける。こぶしを握り締めて心の乱れを押し殺し、ひとまずオリバーはその事実を呑《の》み込んだ。ただでさえ遅れたのに取り乱している場合ではない。

「……分かった。ガイが巻き込まれた可能性を踏まえながら状況を整理しよう。……他はどうだ。知り合いの間で安否が不明の者はいるか？」

「今のところですが、付き合いのある同学年はおおよそこの場に揃《そろ》っています。そこは不幸中の幸いと言えるでしょうが……」

すでに確認を済ませてあったシェラが即答する。同時にオリバーが周囲を見渡すと、確かに馴染みのある同学年の面々はひと通りそこに揃っていた。目が合ったロッシとアンドリューズに片手を上げて到着を伝えつつ、オリバーは次の段階へと確認を進める。

「そうか。……なら、後輩たちは無事だろうか？　テレサ、ディーン、ピーターの三人はさっき顔を合わせたが――」

「なぜ私を入れてくれないのかな？　ホーン先輩」

威厳に満ちた声が話に割り込む。オリバーがその方向を振り向くと、先ほど決闘を預かって別れたばかりのフェリシア＝エチェバルリアが従者ふたりと共に微笑《ほほえ》みを浮かべてそこに立っていた。続けてオリバーの前に小柄な影が滑り込み、右手に握った杖剣《じょうけん》を彼女へ突き付ける。フェリシアと同じく先ほど別れたばかりのテレサ＝カルステだ。

「気安く寄るな女狐《めぎつね》。首を掻《か》っ切《き》りますよ」

「テレサ――それにＭｓ《ミズ》．フェリシアも⁉　待て、君たちまで何故《なぜ》ここにいる？　下級生は一旦寮へ避難するよう指示が――」

「特別枠だよ、彼らは。去年の君たちと同じさ」

聞き覚えのある声が疑問に答える。オリバーが再び視線を動かすと、案の定そこには一年からの付き合いであるヴェラ＝ミリガンが立っていた。同じ生徒会の幹部であるパーシヴァル＝ウォーレイも一緒だ。やや離れた場所に統括のティムの姿もあったが、そちらは他の生徒たちへ向かって説明を行っている。

「ミリガン先輩、ウォーレイ先輩。……それはつまり、彼らも事態への対処に動員すると？」

「決闘リーグ本戦出場者ならそれくらいは妥当だろう。彼らには経験を積ませたいし、君たち四年生も守る相手がいたほうが気が引き締まる。目の前だけでなく今後を見据えての采配だ」

オリバーの確認にウォーレイが即答する。それがテレサとフェリシアたちに限った話ではないことも間もなく示された。馴染《なじ》みのある三年生の面々が討議の間に駆け込んできたからだ。

「すんません、リタ呼んでて遅れました！」

「大変みたいですね。僕たち何すればいいですか？」

「……あうぅ……」

オリバーが先ほど別れたばかりのディーンとピーター、そして気まずさに顔を俯《うつむ》けたリタ＝アップルトンが揃《そろ》って現れていた。彼らに視線を向けつつウォーレイが補足する。

「Mr《ミスター》．コーニッシュは本戦出場者ではないが、カルステ隊の三人との相性を踏まえて許可を出した。……まぁ、日頃から付き合いも多少あったのでな。役に立つことは私が保証しよう」

「助かります！　ウォーレイ先輩！」

自分の立場に根拠をもらったピーターが元気よく感謝を告げ、ウォーレイは軽く手を上げてそれに応える。なるほど、とオリバーも納得した。――慰労会の頃から物怖《ものお》じしない子だとは思っていたが、その度胸でもって根回しを事前に済ませていたらしい。決闘リーグに参加しなかった立場から友人たちと肩を並べるには必要な段取りだが、あのウォーレイを相手にそれをやってのけた事実は驚きに値する。簡単に説得できる相手ではないので、相当に粘り強く自己アピールを重ねたのだろう。

身を縮めてディーンの陰に隠れていたリタがそこでおずおずと顔を出す。オリバーたちの中にいちばん親しい先輩の姿がないことに気付いたようだった。周りを視線で探りながら彼女が問いかける。

「……あ、あの、グリーンウッド先輩は……？　お顔が見えませんが……？」

「……落ち着いて聞いてくれ、Ms《ミズ》・アップルトン。ガイは行方不明だ。現状では迷宮の異変に巻き込まれた可能性が高い」

「――っ！」

状況を理解したリタの顔が一気に青ざめ、隣のディーンが険しい面持ちでその肩を支える。オリバーに目配せしたテレサが彼女のもとへまっすぐ駆け寄った。フェリシアとの因縁よりも友人への気遣いを優先したその姿に小さな驚きを覚えつつ、オリバーは状況確認を最後の段階へと進める。

「……全体の被害はどうなっていますか？　迷宮への立ち入り制限が始まっていたことで多少は効果が？」

「安否不明の下級生は今のところ三年生が三人、二年生が六人。幸いと一年生については全員の無事が確認されている。施策が功を奏した上での数字ではあるだろうね。ただ、上級生に関してはまだまだ正確なところが分かっていない。ガイ君以外で巻き込まれた者も少なくないはずだが──」

ミリガンがそう口にしたところで、足音に気付いたオリバーたちが大広間の入り口へと視線を向ける。他の面々から大きく遅れて、ひとりの四年生が討議の間に入ってきていた。

「……何～これ～……。……何事～……？」

独特の間延びした声で呟《つぶや》く。戸惑いを顔に浮かべたユルシュル＝ヴァロワだ。その姿を見て取った瞬間にオリバーの中でひとつの懸念《けねん》が膨れ上がり、彼は改めて周りへ視線を巡らせる。

──いない。朝に会って言葉を交わし、それから立て続けの状況変化に押し出されて、今まで意識から外れていた同学年のふたりが。

「──Ｍｓ《ミズ》．ヴァロワ！　君、従者のふたりはどうした⁉」

「……？　……し、知らない～。今日はひとりで迷宮潜ってて～、戻って来たのもさっきだし～……」

「……っ！　──誰か、四年のバルテ姉弟の姿を見た者は⁉　朝から今この瞬間まででだ！」

周りの全員へ向けてオリバーが確認する。問われた生徒たちが互いに目を向け合うが、声を上げる者は誰もいない。それで懸念《けねん》が確信に近付き、オリバーは再びヴァロワへ向き直る。

「俺が会ったのが最後か。……まずいぞＭｓ《ミズ》．ヴァロワ。彼らは君を探していた。その君が今ここにいるなら、彼らのほうは入れ違いで迷宮に潜った可能性がある」

「……え……？」

「状況が呑《の》めていないのか？　……いいか、落ち着いて聞いてくれ。今この瞬間も迷宮二層の魔獣が異常なほど凶暴化している。バルテ姉弟はそこに取り残されているかもしれないんだ！」

改めて端的な現状を口にする。それでやっと事態を理解し始めたらしく、オリバーの目の前でヴァロワの表情が一気に引《ひ》き攣《つ》った。相手の動揺が鎮《しず》まるまで一旦待つべきかと考えるオリバーだが、そこへ別の生徒が歩み寄る。

「――失敬。少々割り込ませて頂きます、Mr《ミスター》．ホーン」

「Ms《ミズ》．エイムズ――」

決闘リーグで杖《つえ》を交えたジャスミン＝エイムズだ。ヴァロワと同じく従者を伴う立場だが、そのふたりは彼女の背後に控えている。対照的にひとりきりのヴァロワへと、エイムズは持ち前の慇懃《いんぎん》な口調で問いかける。

「従者の行動は予想出来ませんか、Ms《ミズ》．ヴァロワ。あなたを探しに潜った以上は捜索範囲を絞るはずでございます。彼らがどの辺りを目指していたか――それだけでも分かれば、話はずいぶん違うのでございますが」

相手と状況を踏まえた至って妥当な質問だった。エイムズが口にしなければオリバーのほうで尋ねていただろう。が、ふたりの期待に反してヴァロワは弱々しく目を背けた。返すべき答えの持ち合わせがないかのように。

「……わ、分かんないよ～、そんなの～。私は一層から三層まで適当に歩き回ってたし～……それに最近は～……あいつらとも～……ぜんぜん話してなかったし～……」

その言葉を耳にしたエイムズの気配が変わる。危うさを感じたオリバーが口を開きかけるが——その全てを置き去りに、横から割って入った一発の平手がヴァロワの頰を張り飛ばした。

「——？　————？」

吹き飛んだヴァロワの体が空中での半回転を経て床に返り、そこで着地を仕損じてぺたんと座り込む。身に修めたクーツの術理で無意識に衝撃を化かしてはいたが、その動きに心はまるで追い付いていない。訳も分からぬままぽかんと眺めた先にひとりの生徒が映る。渾身《こんしん》の平手を振り抜いた姿勢のまま、今なお収まらぬ怒りに全身を震わせるステイシー＝コーンウォリスが。

「……ふざけんじゃないわよ……。——従者なんだと思ってんの、あんたはッ！」

「落ち着け、スー！」

従者のフェイ＝ウィロックがすぐさま肩を摑《つか》んで激情を宥《なだ》める。彼以外の誰も言葉は挟めなかった。従者との信頼関係がとりわけ深い彼女にとって、今のヴァロワの態度が許し難《がた》い無責任に映ったことは想像に容易《たやす》い。その姿を横目に、同じ心境で頷《うなず》いたエイムズが再びヴァロワへ向き直る。冷え切った視線がその胸を貫く。

「Ｍｓ《ミズ》・コーンウォリスに先を越されてございますね。……追い打ちになりますが、見損ないましたＭｓ《ミズ》・ヴァロワ。いずれ斬るつもりでいたというのに、どうやら貴方《あなた》にはその価値も無い」

「――――」

「このような主を持ったバルテ姉弟に心底同情してございます。……彼らは私たちが助けましょう。貴方《あなた》はそこで好きなだけ醜態を晒《さら》していられれば宜《よろ》しいかと存じます」

「ひぇぇ～……」「ミンが激おこだぁ～……」

三行半《みくだりはん》を突き付けたエイムズが身をひるがえし、従者のふたりが恐々としながら後に続く。呆然《ぼうぜん》と座り込んだままのヴァロワへ、そこで新たにひとりの生徒が歩み寄った。膝を折って視線の高さを揃《そろ》えながら、ナナオがその澄んだ両目でまっすぐ相手を見つめる。

「厳しい言葉を頂き申したな、ヴァロワ殿。……目は覚めてござるか」

「ナナオ――」

オリバーが息を呑《の》んでそれを見守る。今のヴァロワに向ける言葉の持ち合わせは彼にはなく、だからこそ期待する。今この瞬間、ナナオ＝ヒビヤだけがそれを彼女に与えられると。

伸ばした両手が力強く相手の肩を摑《つか》む。虚《うつ》ろな瞳を正面から覗《のぞ》き込んで、その奥にあるものへとナナオが訴える。

「しゃんとされよ。……既に喪《うしな》われて帰らぬものもござろう。されど――あのふたりは違う。

貴殿はまだ取り落としてござらぬぞ！」

ヴァロワの体がびくりと震える。届いたのだとオリバーが悟る。揺さぶられた胸の内から溢《あふ》れる感情に顔をくしゃりと歪《ゆが》め、そこで彼女はやっと想《おも》いを吐き出す。

「……探すよ～！　……あ～、当たり前でしょ～……！」

「安心してござる」

ナナオが歯を見せてにっと笑い、ヴァロワの肩を摑《つか》んだまま一緒に立ち上がる。そこで彼女の体がぐるりと振り向いた。

「オリバー、ひとつ提案にござる。──我らにヴァロワ殿を入れて組み申さぬか」

出し抜けの言葉にオリバーが目を見開く。当のヴァロワまでもが啞然《あぜん》として目の前の相手を見つめる。ふたりの姿を見比べた上で、オリバーは冷静にその意図を確認する。

「……本気か、ナナオ。ガイの命が懸かった状況だぞ」

「冗談でこのようなことは切り出し申さぬ。決闘リーグになぞらえるなら、今の我々にはユーリィ殿がおり申さん。その穴を彼女に埋めて頂くのは如何《いかが》か」

思いがけない角度からの意見にオリバーが考え込む。──限られた人手で二層の広範囲を探すことになる以上、脅威への対処も踏まえて三人一組のチームで動くのがもっとも合理的だ。が、かつて自分たちと組んでいた友人はもういない。その穴を別の誰かで埋めることになるのは必然で、実力の面だけで言えばヴァロワは申し分ない代役と言える。

「……君はどうなんだ。Ms《ミズ》・ヴァロワ」

残る問題も分かり切っている。ひとえに互いの関係性、さらに言えばヴァロワ自身のスタンスだ。自分たちと組んで動く意思があるのか——その確認を求めてオリバーが目を向けると、ヴァロワは困惑しきりに視線を彷徨《さまよ》わせる。

「……く、組むなんて～……私～、一言も～……」

「頷《うなず》いときなさい。そいつらくらいよ、今のあんたと組もうなんて物好き」

またしても思わぬ声が彼女の背中を押し、ヴァロワが驚いてそちらへ目を向ける。自ら張り飛ばした相手に背を向けたまま、ステイシーが腕を組んで言葉を添えていた。

「グリーンウッドがいないならアールト隊も前と同じ構成には出来ないでしょ。シェラはそっちに回って。私たちは私たちで適当に浮いてる奴《やつ》見つけて組むから気にしなくていいわ」

「……やれやれ。直感お化けのMr《ミスター》・レイクがいないのは残念だな。こういう時こそ彼に頼りたかった」

主の意思を酌《く》んだフェイが愚痴を零《こぼ》しながら同行者の選別に回る。その様子を眺めながら、ステイシーの意見は的確だとオリバーも思った。今のヴァロワと積極的に組みたがる者は少なく、放置すればせっかくの大駒を浮かせることになりかねない。彼女を受け入れてチームを組めるのは自分たちだけなのだ。ナナオの器の大きさがあって初めてその選択が成り立つ。

「……分かったよ～。……他に選択肢、ないんでしょ～……」

自《おの》ずと立場を悟ったヴァロワが苦い表情で承諾を示す。それを受けてオリバーも最低限の信任を彼女に置いた。……捜索対象が自分の従者という時点でモチベーション面に不足はなく、感情に合理を優先させる判断力も今の返答から確認できる。過去の因縁から自分のほうに抵抗がないと言えば嘘《うそ》になるが、そんなものは最初から取るに足らない。

「ちょっと心配だけど……ナナオがそうしたいなら、わたしもそれでいいと思う」

「……フン。放《ほ》っとけばいいと思うけどどな、そんなヤツ」

話がまとまりつつあることを察して、カティとピートが不安を残しながらもそれを受け入れる姿勢を示す。そんな彼らの隣にシェラも頷《うなず》いて並んだ。オリバーが感謝を込めて三人を眺める。ガイが欠けている以上、その面々でチームを組んでくれる安心感は彼にとっても大きい。

オリバーとナナオが無言で頷《うなず》き合い、その視線を同時にヴァロワへ向ける。一瞬の躊躇《ためら》いを越えて、彼女もまたやや硬い頷《うなず》きを返して寄越す。――全員の覚悟はこれで固まった。

「話はまとまったか馬鹿ども。だったら覚悟決めとけ。……まだ特定には至ってねぇが、今回魔に呑《の》まれたのは呪者だ」

口を開いた学生統括に全員の意識が集中する。それは彼らが初めて耳にする「敵」についての情報だ。

「知っての通り現場は迷宮二層『賑《にぎ》わいの森』。今この瞬間も広域で呪詛《じゅそ》汚染が進行してるはずだ。呪術が扱えるヤツを最低ひとりはチームに入れろ。でなきゃ近付くのもおっかねぇぞ」

忠告を受けた生徒たちが顔を見合わせる。そこにティムがなおも補足する。

「それともうひとつ、呪災の時にお決まりの注意点だ。呪いが関係性を辿《たど》って広まるのは知っての通りだが――そん中でも特に体の関係、要するにベッドで付き合いのある相手にゃ呪いが移りやすい。『したことある』とか『たまにしてる』程度なら対策してりゃそこまで影響もねぇけど、頻繁にヤッてる奴《やつ》らは互いの性別問わず注意しとけ。目安としてはここ一か月の間で二日に一度以上上ってとこだ」

歯に衣着せぬ表現でティムが述べる。ざわつく生徒たちの中、シェラがさりげなくナナオの傍《そば》へ歩み寄る。

「……大丈夫ですか？　ナナオ……」

「心配ござらん。まこと残念ながら」

むぅと唇を尖《とが》らせてナナオが答える。そのやり取りにはさすがに気恥ずかしさを覚えるオリバーだが、深く考えると昨夜のピートの件と繋《つな》がって思考が乱れかねない。だから務めて事務的な思考に徹する。……ナナオとの営みはさすがにそこまで高頻度ではなかったから警戒には及ばない。ピートに関しても昨夜の一回のみで影響があるとは考えづらく、そもそも彼とは今回別チームでの行動だ。呪詛《じゅそ》伝染についての懸念《けねん》は身内の間では大きくない。問題は「敵」が呪者であること、現場で向き合うことになる脅威がその関連であることだ。

「……仲間内で呪術が得意なのは――」

「予防程度なら全員出来る。扱いはシェラとオリバーがそこそこ。ただ、いちばん上手《うま》いのは間違いなくガイだな」

念押しの確認にピートが即答する。それはオリバーもよく知るところで、呪術の授業では常にガイが上位の成績を収めていた。その点も踏まえて、オリバーは今の彼が置かれた状況を想像する。

「間が悪い……とは言い切れないな。むしろ好都合かもしれない。ガイが今も迷宮で戦っているとすれば——」

「雷光疾《トニトウルス》りて！」

「生え伸《プロゴロツシオ》びよ！」

魔獣たちの殺気に満ちた森の中に呪文が響く。電撃を受けた一頭が倒れ、器化植物《ツールプラント》の蔦《つた》に絡《から》め取られた一頭が動きを封じられて吠《ほ》え叫ぶ。次々と現れる新手を捌《さば》き続けながら、ガイとマックリーは異変の真《ま》っ只中《ただなか》にある二層を駆け抜けていた。

「トドメは刺すなよ！　こいつら呪詛《じゅそ》帯びてんぞ！」

「分かってるわよ！　っていうか何なのこれ、どういう状況!?」

立て続けの詠唱に疲れた喉でマックリーが叫ぶ。彼女の前を走りながら、ガイが努めて冷静に周りを見渡す。

「落ち着けってのマックリー。……こういうのは焦《あせ》る前によく見るんだよ」

そうして思考をまとめていく。普段の二層からは考えられない混乱だが、ここまでの観察を経て見て取れた法則性はある。結論を急がず、彼はその分析を順番に口にする。

「まず、かなり広い範囲で魔法生物が凶暴化してんだろ。特定の種類じゃなくて肉食も草食もまんべんなく、けど凶暴化の度合いにゃばらつきがある。草食の奴《やつ》らより肉食の奴《やつ》らのほうが数段激しい感じだ。となりゃ原因は食物連鎖に乗っかって広まってる可能性が高ぇ。そこから遡っていきゃ辿《たど》り着《つ》くのは――」

言葉を切ったガイが地面へ杖剣《じょうけん》を向け、領域魔法で跳ね上げた土の一片をぱくりと口に含む。当然すぐに吐き出したが、それを見たマックリーが露骨に顔をしかめる。

「……うぇっ……」

「――土だな、やっぱ。呪いを帯びた土に生える植物、それを食った草食獣、さらにそれを捕食した肉食獣の順番で呪詛《じゅそ》濃縮が起こってやがる。……起点はどこだ？　よっぽどごつい量を一気に垂れ流さねぇとこのザマにはなんねぇ――」

分析を呟《つぶや》きながら周囲の地形を目で探る。その中に小さな湧き水を見つけ出すと、彼はそれを呪文でひと掬《すく》い引き寄せて口に含む。土と同じ結果を予想したが、それに反して水のほうに異常は感じなかった。念のために吐き出しながらガイが首をかしげる。

「……？　妙だな。ここまで広い範囲を汚染するなら経路は絞られんだけど」

「呑気《のんき》に推理してる場合⁉　それより脱出の方法を考えなさいよ！」

「そのために調べてんだよ。魔獣どもを避けてるせいで出口は目指せてねぇし、この状況じゃどこに逃げても囲まれて終わる。それともイチかバチかで箒《ほうき》に賭けてみるか？　おまえがナナオくらい飛べるならやってもいいけどな」

片手で空を指してガイが言い、その方向を見上げたマックリーが口を曲げて閉ざす。地上に負けず劣らずそちらも酷《ひど》い有様《ありさま》だった。鳥竜を始めとする飛行性の魔法生物たちが凶暴化して飛び回り、出くわす端から互いに襲い掛かっている。この状況での飛行は検討するまでもなく自殺行為だ。

危険地帯から逃れられない以上は一旦隠れ潜む他にない。そのために手頃な地形を探し回っていたガイだが、そこでふと遠くない場所から炸裂《さくれつ》呪文の轟音《ごうおん》が響いた。マックリーもすぐに気付く。魔獣同士の争いで生じる音ではない。

「……誰か戦ってんのか。やべぇなこりゃ」

ガイがすぐさま音の方向へと駆け出す。それを見たマックリーがぎょっと目を見開く。

「ちょっ――潜伏するんじゃないの⁉」

「見捨てたら後味悪いだろ。怖けりゃおまえは残ってもいいけど」

「……ッ、行くわよ！　これ以上あんたに借り作ってたまるか！」

不満を吐き出しながらも後に続く。意外と付き合い悪くねぇなこいつ、と思いながらガイは走る速度を上げる。

「――無事か、ギー！」

同じ頃、ガイたちが目指す方角ではバルテ姉弟が状況に抗《あらが》っていた。趨勢《すうせい》は目に見えて芳《かんば》しくない。最初に襲ってきた群れへの対処にギーが大威力の二節を用い、それで殺《あや》めた魔獣から呪詛《じゅそ》を貰《もら》ってしまったことが最大の理由だ。呪術に長じていない彼では受けた呪いをどうにも出来ず、その影響によってすでに走ることもままならなくなりつつある。

「ッ、ああ……！　……クソ、しくじった……！」

「……最悪、俺が食われてる間に逃げろ、姉ちゃん……。……共倒れしても意味がねぇ……」

「張り倒すぞ愚弟！　弱音を吐く暇があれば呪文を唱えろ！」

肩で支えた弟に檄《げき》を飛ばし、襲ってきた魔獣へとレリアが迎撃の呪文を放つ。無意味な提案であることはギーにも痛いほど分かっていた。立場が逆なら自分は決して姉を見捨てない。だが、このままではいずれ抵抗の限界を迎える。その前にどうにかして活路を――そう考えたギーの視界が、姉のそれと共に思いがけず煙幕で塞がれた。

「「……!?」」

「――こっち来なさい！　早く！」

潜めた声と魔力波が彼らに届く。その方向に目を向けると、煙の隙間で藪《やぶ》に潜んだガイとマックリーが手招きしていた。是非もなくそちらへ走る。魔獣たちが煙《けむ》に巻《ま》かれている間にどうにか藪《やぶ》へと辿《たど》り着《つ》き、その中に掘られた塹壕《ざんごう》へと飛び込んだところで、バルテ姉弟は同じ境遇の生徒ふたりと顔を合わせた。

「……お前たち……」

「誰かと思えばバルテ姉弟じゃねぇか。珍しいなおまえらがヘマこくなんて」

相手の顔を見たガイが意外そうに言う。が、言われた側はそれ以上にぎょっとしている。ケビン＝ウォーカー直伝の環境迷彩で全身を覆った今のガイの姿は森の怪人さながらで、密にまとった木の葉の隙間から覗《のぞ》く目がなければ中身が人間であることすら分からない。同じものを勧められたマックリーは頑《かたく》なに固辞した。そのほうが魔法使いとしては一般的な感性と言える。

「**閉じて塞げ**《クリベウス》。――あー、弟のほうが呪い受けてんのか。大方出会い頭に二節でもぶっこんだか？　まぁ無理もねぇよ。二層で呪詛《じゅそ》にはあんまり警戒しねぇからな」

呪文で塹壕《ざんごう》の入り口を塞いだガイが相手の状況を分析する。それで外の光は届かなくなったが、器化植物が付ける発光性の実によって塹壕《ざんごう》の中は仄《ほの》明るい。周りを籠状に包む根によって全体の強度も確保されており、それが即席の造りであることと併せてレリアは感心した。器化植物をここまで器用に扱える生徒は、おそらくキンバリー全体でもそうはいない。

「……情けないがその通りだ、グリーンウッド。解呪は可能か？」

呪いで弱ったギーを膝に寝かせながらレリアが問う。結界陣を敷き終えたことで必要性が薄れた迷彩を呪文で取り去りつつ、その様子を見つめたガイが難しい顔で腕を組む。

「してやりてぇが、現状だと難しいな。手っ取り早く呪詛《じゅそ》をどうにかすんなら『移す』一択だけど、あいにく今は手頃な対象がどこにもねぇ。俺たちの間で移すこたぁ簡単だが――」

「身代わりも共有もまっぴら御免よ！　前者は状況が何も変わらないし、後者に至っては最悪共倒れじゃない！」

マックリーが先回りして反対を示す。聞いたガイも肩をすくめた。それはさすがに正論だ。

「まぁマックリーの言う通りだ。……補足しとくと、ここもそんなに安全じゃねぇ。泥竜《ワーム》こそいねぇけど、二層の地中にゃそれなりに魔獣も生息してるからな。結界張ってるからしばらく大丈夫だとは思うけどよ」

「……いっそ土の中進んで逃げるのは？　ここを掘ったのも同じ要領でしょ？」

「今言ったろ。大人しく引きこもってるならまだしも、トンネル工事始めりゃすぐに地中の魔獣どもが寄ってくる。掘りながらやり合うくらいなら地上で戦うほうがまだマシじゃねぇかね」

提案を却下した上で背嚢《はいのう》を下ろし、ガイがその中から水筒と携行食を取り出す。窮地を逃れて隠れ潜んだ時、他に出来ることがないなら迷わず食べて飲む――〈生還者《サバイバー》〉から教わったサバイバルの鉄則だ。それを忠実に踏まえて、彼は人数分にちぎったパウンドケーキを三人へ差し出す。

「ってわけで、今は潜伏の一手だ。地道に耐えてりゃ救助も来る。腹ごしらえでもして気長に待とうぜ」

「……く……」「……喉通らないわよ、そんなの」

「無理にでも食っとけ。冗談抜きに生死を分けんぞ」

強い口調でガイが言い直すと、マックリーは渋々ながら糧食を受け取って口に運ぶ。同様にふたり分を渡されたレリアが先に弟へ食べさせた。すると思いがけず口中に広がった美味に呪《じゅ》詛《そ》の苦しみが一瞬薄れて、ギーが思わず苦笑する。

「……うまいな、これ……」

「おー、分かるじゃねぇかバルテ弟。グリーンウッドのメシは味と栄養の二本柱だぜ」

にやりと笑ってガイも応じる。そうして木の幹に背中でもたれながら、彼は全員を安心させるように揺るがぬ声で言ってのける。

「まぁ安心しろよ、助けが来ないってことだけは絶対にねぇ。それだけは保証してやるぜ——おれたち剣花団の名にかけてな」

　友の信頼に応えるべくして、オリバーたちもまた異変の渦中《かちゅう》にある二層へと踏み込んでいた。複数ある入り口のひとつから進入したホーン隊はひとまず近くの藪《やぶ》に身を隠し、そこから偵察ゴーレムを飛ばして周辺状況の観察を行う。

「どうでござるか、オリバー」

「……ひどい状態だ。二層のほぼ全域で魔獣が暴れ回っている。この規模の呪詛《じゅそ》汚染はそう見ない……」

　ゴーレムの視界に映る光景の凄惨さにオリバーが眉根を寄せる。……二層は危険も多いがそれ以上に生命の営みで満ちており、普段は決してこのような殺伐とした場所ではない。それが今は暴力の坩堝《るつぼ》に成り果てている。もはや生きるための捕食ですらない、ひたすらに無意味で不毛な殺し合いの場に。

　その光景の無惨《むざん》さに閉口しながらも、オリバーは意識を切り替えて偵察を続ける。空を飛び交う魔獣たちを避けながらの観測は集中を要したが、ほどなく成果も上がり始めた。森の数か所に陣を敷いて魔獣を迎え撃っている生徒たちの姿があったのだ。すぐさまオリバーは彼らの上空へ一体ずつゴーレムを回す。

「……結界を張って耐えている生徒たちが数か所にいる。どれも上級生と下級生の組み合わせで、すぐには崩されそうにない。異変に気付いた上で早期に合流したようだな」

「ガイもその中に？」

「……いや、見当たらない。バルテ姉弟も同様だ。見えない位置に潜伏しているのか……いや、ふたりでいるとは限らないな。最初から分かれて行動していたセンもあるか……？」

偵察を続けながらオリバーが要救助者の行動を予想する。と、そこに隣のヴァロワから抑え気味の声が響いた。

「……レリアは～……」

「？」

「……一見冷静だけど～……実はけっこう感情的で～……弟のギーのほうが～、それを諫《いさ》める役割で～……」

訥々《とつとつ》と言葉が続く。それが従者の為人《ひととなり》について語っているのだと分かり、オリバーとナナオは真剣に耳を傾けた。少しの情報でも今は欲しい。気心の知れたガイはともかく、バルテ姉弟については行動を推し量るための材料がそもそも乏しいのだ。

「……私を探してたなら～、レリアはきっと焦《あせ》ってる～、から～……そういう姉をひとりには～、しないと思う～……。……たぶん～、一緒にいる～……」

そこまで伝えたところでヴァロワが口を閉ざす。オリバーが微笑《ほほえ》んだ。――決闘リーグで杖《つえ》を交えた他には話したことも少ないふたりだが、今の話のおかげで輪郭がずいぶん見えてきたように感じる。とりわけ分かれての行動のセンが薄れたのは大きい。ひとりで潜んでいる場合よりは見つけやすいし、何より彼ら自身の生存率が格段に上がる。

「有用な情報だ。……ステイシーとＭｓ《ミズ》・エイムズに聴かせたかったな、今のは」

「如何《いか》にも。ちゃんと従者を見ておられるではござらぬか、貴殿」

にっと笑いかけたナナオからヴァロワが唇を尖《とが》らせて顔を背ける。予想よりも棘《とげ》の抜けた彼女の様子に、やはりこの三人で組んだのは正解だったのかもしれないとオリバーは思った。自分には見て取れない根拠からナナオはヴァロワを信頼し、ヴァロワにもおそらくそれが伝わっている。決闘リーグでの一戦を経て、それが彼女らの斬り結んだ縁なのかもしれない。

「……ガイにせよバルテ姉弟にせよ、潜伏しているなら救助を待っているはずだ。魔獣を集めかねない救難球は最後の手段としても、他に何らかの信号を発して位置を伝えようとするだろう。俺のゴーレムがそれをキャッチ出来ればいいが――」

頭に走った衝撃にオリバーの言葉が途切れる。偵察に飛ばしていたゴーレムの一体が鳥竜に噛《か》み砕《くだ》かれ、伴って意識に展開していた視界がひとつ消滅した。反動の眩暈《めまい》に襲われながら、オリバーはその損害を報告する。

「……ッ、一体やられた。さすがにこの中を飛ばし続けるのは難しい。ピートならもっと上手《うま》くやるかもしれないが……」

「然《しか》らばそちらはピートに任せ申そう。我らは見える範囲から動き出しては如何《いかが》か」

ある程度まで現場が把握出来たと見てナナオが救助の開始を提案する。少し考えてオリバーも頷《うなず》いた。ガイとバルテ姉弟の姿はまだ見つけられていないが、そちらを探す上でも状況はシンプルにしたほうがいい。要救助者が減ればその分の人手を彼らの捜索に回せるのだから。

「……そうだな。今の偵察に基づいて、ひとまず緊急性の高いところから救助に当たろう。助けた生徒から聞ける情報もあるだろうし、ガイたちもいざとなれば救難球を使うはずだ。それで構わないか？　Ｍｓ．《ミズ》ヴァロワ」

最後に確認を向けると、ヴァロワはそれに無言で頷《うなず》いた。妥当な判断と思ったのかもしれないが、それ以前に自分が意見できる立場にないと思っているのかもしれない。もう少し打ち解けたいとオリバーは思うが、今すぐそこまで求めるのは無理な話だ。行動方針を定めたオリバーが藪《やぶ》の中で立ち上がる。

「今回の相手は呪詛《じゅそ》を帯びている。分かっていると思うが、決して止めは刺すな。殺傷力の高い呪文ほど使い所を吟味しろ」

「承知。片端から斬り払うわけには参り申さぬと」

「ああ、否応《いやおう》なく火力が制限される。君もいつもの調子で斬り込めばあっという間に包囲されるぞ。他のチームとも連携しつつ、退路の確保を最優先で意識しろ――！」

そう告げると同時に全員で藪《やぶ》を飛び出して走り出す。彼らの姿を目にした魔獣たちがすぐさま呪い混じりの殺気を向けてくる。迫るその脅威へ向けて、まずはオリバーが先制の呪文を放った。

「凝りて止まれ《プロイベーレ》！　芯まで痺れよ《インベディエンドム》！」「雷光疾りて《トニトゥルス》！」

時を同じくして、他のルートで二層へ入ったチームも次々と行動を開始していた。ガイの代わりにシェラを加えたアールト隊もそのひとつで、今は退路を確保しながら向かってくる敵を制圧している。殺気も露《あら》わに迫る種類もサイズも様々な魔獣たち。本来の形からかけ離れたその姿にカティが唇を噛《か》んだ。

「――何これ、ひどすぎるよ！　普段は大人しい子たちまで呪いで無理やり巻き込んで……！」

「同感ですが、憐《あわ》れんでいる余裕はありませんわ！　ピート、そちらはどうですか⁉」

カティと合わせて迎撃を続けつつ、シェラが後方のやや離れた岩陰へと声をかける。そこに敷いた防護陣の中に足を組んで座ったピートがうっすらと瞼《まぶた》を開けた。

「上首尾だ。……見えた端から他のチームに伝える」

そう口にするピートの意識に、今は二十をゆうに超える偵察ゴーレムの視界が並んで展開している。尋常でない集中を感じ取ったシェラが背筋に寒気を覚えた。その運用の手管はもはや彼女やオリバーの比ではない。

「……何体同時に使っていますの？　今は……」

「……見た目ほど大した芸当じゃない。基本は自律させてボクのキャパを空けてるし、そもそも二層の魔獣の飛行能力はそれほど高くない。時間をかければ対応できるゴーレムだって組めるさ……」

本人の淡々とした説明が返る。が、その全てが断じて簡単な話ではないこともシェラは当然理解していた。……ゴーレム自体の機体構造からその動きを統御する魔法回路まで徹底的に設計し、重量とサイズと運動性能のバランスを取って無駄を削《そ》ぎ落とし、さらにはそれら全てが観測する情報を意識下で処理しながら自律《オート》と遠隔《リモート》操作を切り替えて弾力的に運用する。そんなものは平均的な四年生の水準からとっくにかけ離れた芸当であり、恐ろしいことにそれさえ発展途上の姿に過ぎない。

「……ただ、この数が維持できるのは二十分程度だ。それ以上は休憩を挟まないとボクの集中力が切れる。……限界まで偵察に専念させてもらうぞ」

「分かった！」「承知しましたわ！」

時間を区切られたことでシェラとカティの気持ちも引き締まる。その二十分の間に捜索と救助を完了させるのが彼らにとって理想的だ。ここで凶暴化した魔獣を迎撃して頭数を減らしながら、他チームとタイミングを合わせて要救助者のもとへと駆け付ける。誰にも迷いはない。

「……ガイ、どこに隠れてるんだ？　……あんまり手こずらせるなよ……」

ゴーレムの視界を網羅しながらピートが呟《つぶや》き、さらに追加を一機飛ばして運用キャパの余剰を削る。直後に鼻から流れ出た血を無造作に袖で拭った。——取るに足らない。剣花団の仲間を助けるためならば、もはや彼は脳をすり減らすことなど厭《いと》わない。

彼らの到着による状況の変化は、地中に潜伏中のガイたちにも限定的ながら確認できていた。密《ひそ》かに地上へ出して周囲でもっとも高い樹上へと登らせた鼠《ねずみ》の使い魔。ガイの意識と接続したその視界を、空を飛び交う魔獣たちに交じって一機のゴーレムが通り過ぎる。

「……どう？　救助来そう？」

相手の集中を乱さないようマックリーが慎重に問い、それを聞いたガイが腕を組んで唸《うな》った。

――この手の使い魔を操る彼の技量はピートはもちろんオリバーにも及ばないため、今の状況だと飛ばしてもその端から食われてしまう。先に行かせたマックリーとレリアの使い魔もすぐにそうなり、やむなく今はガイの手持ちから陸生タイプの生物を用いていた。木に登らせることで高度は多少稼いだものの、それでも飛行タイプと比べれば見える範囲は限定されてしまう。

「……それっぽいのはちらほら見えるぜ。あの小狡《こずる》い動きはピートのゴーレムっぽいな。……ってことは二層の入り口にゃ確実に誰かいると見ていいだろ。救難球を使えば気付いちゃもらえるだろうが、それは魔獣を集めちまうから最後の手段として――」

「使い魔のストックならまだあるぞ！」

「だな。大半は途中で食われるかもしれねぇけど、数打ちゃどれかは届く。こうなりゃ全員手持ちをありったけ――」

レリアに頷《うなず》き返して行動に移ろうとしたガイだが、その動きがぴたりと止まる。思い留まったわけではない。足元から伝わる不気味な震動が彼にそうさせた。

「……待て。なんだ、この揺れ――」

警戒を口にする間にも揺れは強まり、それはやがて塹壕《ざんごう》全体を激しく揺さぶり始める。頭上からばらばらと土砂が降り注ぎ、そこへ追い打ちを掛けるようにして足場の地面が崩壊した。突然口を開けた暗闇へと四人の体が吸い込まれていく。

「うぉ――⁉」「掴《つか》まれ、ギー！」

「ちょ、今度は何――⁉」

「おれが知るかよ！　クソ――**風よ突き抜け《インペトゥス》！**」

周囲の土砂と共に為《な》す術《すべ》なく落ちていく中、ガイがローブの懐《ふところ》から取り出した救難球を風の呪文に乗せて真上に撃ち上げる。土の層を突き破って地上に戻ったそれが空中で破裂し、その場に眩《まばゆ》い光の柱を立ち上げる――。

その輝きは捜索側にも即座に届いた。魔獣を蹴散らして要救助者を後方へ送った直後のオリバーたちの視線が、そう遠くない場所に立ち上がった橙色《だいだいいろ》の光柱に吸い寄せられる。

「──救難球だ！　あの光の色はガイの──！」

「参る！」

すぐさまナナオが光の方向へ走り出し、オリバーとヴァロワもそこへ続く。が、その足取りが地面の激しい揺れによって乱された。先ほどから始まった震動だが、収まるどころか彼らの周囲では強さを増していく。

「む──⁉」

「下がれ、ナナオ！」

大きな変動を予測したオリバーが声を上げ、同じものを直感したナナオが進路と逆方向へ跳び退《すさ》る。直後に彼らの眼前で広範囲の地面が陥没した。土が崩れた後には底すら見えぬ断崖が横たわり、突如として行く手を阻《はば》んだそれにオリバーとヴァロワが目を見開く。

「地盤沈下……⁉　二層でそんなことが──」

「飛び申すぞ、お二方！」

即応したナナオが方針を切り替えて箒《ほうき》で空中に舞い上がる。オリバーとヴァロワも自らの箒《ほうき》に跨《また》がってそこへ続いた。空は凶暴化した魔獣たちで満ちていたが、今はその只中《ただなか》を突っ切ってでも進まねばならない。飛来する鳥竜をナナオの刃が斬り払い、後に続くオリバーとヴァロワが呪文で新手を撃ち落とす。そうして邪魔を退けながら、彼らはまっすぐ光の場所まで行き着いた。

「――どこだ、ガイ！　聴こえたら返事しろ、ガイ――ッ！」

オリバーが喉を震わせて空から友の名を呼ばわる。が、耳を澄ませても返事はなく、ひとまず彼らは魔獣たちの襲撃から逃れて地面に降り立った。その一帯も崩落の跡ですり鉢状に陥没していたが、流れ込んだ土砂によって穴そのものはすでに埋まっている。嫌な予感がオリバーの背筋を震わせた。

「……いない。まさか、今の崩落に巻き込まれて……」

「オリバー！　あれを！」

足元の一角に光るものを見つけたナナオがそこへ駆け寄る。土に半ば埋もれたそれを彼女が拾って掲げると、同じものを目にしたヴァロワの顔が一気に青ざめた。その理由をオリバーも即座に察する。花の装飾が施された銀のブローチ。朝に出会ったバルテ姉弟の片割れが頭に付けていたもの。

「……レリアの……」

そこで冷静さを失った。杖剣《じょうけん》を地面へ向け、彼女は見える範囲の土を片っ端から浮遊呪文で持ち上げていく。今にも泣きそうなその横顔がオリバーとナナオの胸を締め付ける。

「……どこ～……どこ～⁉」

「……ッ、落ち着けMs《ミズ》．ヴァロワ！　浅い場所ならとっくに自力で出てきている！　闇雲に掘っても見つかるはずがない！」

見かねたオリバーが声を上げ、同時にナナオが背後からヴァロワの肩を抱いて制止する。代わりにオリバーが杖剣《じょうけん》を構え、地中へ向けて魔力波と音響の反響探査《ソナー》を行い始めた。……ある程度の深さまではこれで探れる。だが――その限界を超える場所までガイたちが離れていれば、もはや現状で打てる手は無いに等しい。

結果がそうであろうことはナナオもすでに察していた。空中の魔獣たちを右手の刀で牽制《けんせい》し、もう片手でヴァロワの背中をさすって落ち着かせながら、彼女は鋭い視線を改めて周囲へ巡らせる。

「オリバー、これは……」

「……事態の規模を見誤っていた。ここはもう俺たちの知っている二層じゃない。まったく別の場所だ……！」

実りのないまま反響探査《ソナー》を打ち切り、こぶしを握り締めてオリバーが声を吐き出す。――あと一歩。ほんの少しの差で掴《つか》み損ねた友人の手が、何処《どこ》とも知れぬ闇の中へと滑り落ちていった。

混迷を深めていく一方の二層地表から遠く離れた地下深く。減速呪文を繰り返しながら暗闇の中を落ちてきたガイは、一分以上にも及ぶその長い下降の果てに、ようやく体が確かな感触に受け止められるのを感じた。

「……はーっ、はーっ……ぐぇっ！」

一息ついた直後に何かが腹の上へ落ちてくる。暗闇の中でそれが聞き覚えのある声で呻《うめ》いたところで、ガイはため息をついて口を開く。

「……生きてんのは分かった。怪我《けが》がねぇならどけ、マックリー」

「……い、言われなくても……」

呼ばれたマックリーがずるずると這《は》って体の上から降りていく。同時に上体を起こして物音に耳を澄まし、それからガイは周りへ向かって叫ぶ。

「無事か、バルテ姉弟！　聞こえてたら返事しやがれ！」

「……ここだ……」「……うぐ……」

ふたり分の弱々しい声が近くから響く。それでガイはほっと安堵《あんど》の息を吐いた。とんだ災難が続くが、ここまで落ちてくる間に誰ともはぐれず済んだのは僥倖《ぎょうこう》だ。

「……何が、起きたのだ。感覚だが相当な距離を落ちたぞ。二層の底が抜けたとでも……？」

「おれにも分かんねぇよ。……ひとまず周りにヤバい気配はねぇ。灯《あか》り点《つ》けんぞ」

レリアの声にそう答えて、ガイが落下前から握ったままの杖剣《じょうけん》の尖端《せんたん》に光を灯《とも》す。これまで闇に包まれていた周辺の地形をそれが照らし出し、同時に彼らは息を吞《の》んだ。――天井は遠く見上げるほど高く、地面の幅は狭いところでも三十フィート以上はゆうにあり、前後の奥行きに至っては光が及ばず測ることさえ出来ない。そんな見知らぬ洞窟の真っ只中《ただなか》に四人はいた。

「――ッ――」

「……何、これ……」

レリアとマックリーが愕然《がくぜん》と目を見開く。立ち上がったガイが最寄りの壁へまっすぐ歩み寄り、その岩肌を灯《あか》りで照らしてじっと観察する。

「……三層まで突き抜けた、ってわけじゃねぇな。見たとこ普通の洞窟じゃねぇ」

最初の分析の結果をひとまずそう告げる。壁に伸ばした彼の左手の指が表面をなぞっていき、目に見えるものと合わせて、そこに刻まれた独特の模様を確認する。

「……壁に樹皮の跡がある。おれの知識だと溶岩樹形《ようがんじゅけい》ってのに近いな。火山の噴火に呑《の》まれた樹《き》がその形のまんま残す空洞なんだが……二層の地下にそれがあるってのはどういう理屈だ。地上の巨大樹と何か関係あんのか……？」

呟《つぶや》きながら状況を推し量る。そこで我に返ったマックリーが立ち上がってローブの土を払う。

「……そんなことより出口よ。落ちてきたところを飛んで戻れない？」

「見込み薄だな。上から気流は感じねぇし、あの崩落で穴が塞がってねぇとも考えにくい。この状況で無闇に飛んで魔力を消耗したくもねぇ」

ガイが即答する。背負った箒《ほうき》の無事を確認した時点で、それは彼も真っ先に考えたことだ。

実行しにくいのは今言った理由もあるが、そもそも飛んで戻れる程度の場所なら待っていれば上から救助が来る。よって問題はそうでなかった場合。落ちてきた穴とは別の出口を探さなければならないケースについて考えなければ意味がない――そう結論すると同時に、彼はその場にどっかりと腰を下ろす。

「座ろうぜマックリー。……一旦仕切り直しだ。頭働かせなきゃ本格的に生き残れねぇよ、こりゃ」

二層の大規模な変動を受けた生徒会が一時撤退の指示を下し、要救助者の捜索に当たっていたチームはその全てが校舎へと引き上げた。彼らには新たな方針が決まるまでの待機と休息が命じられ、並行して本部に集まった生徒会メンバーたちがそれを話し合っていた。

「判《わか》ったことをざっくり言うぞ。――二層の地面が数か所で崩落、伴って地下に未知の空洞が発見された。既存の三層とはまったく別の空間だ。内部については複雑に入り組んでること以外何も分かっちゃいない」

統括のティム＝リントンが厳しい声で現状を告げ、机を囲むメンバーの全員が無言でその内容を受け止める。修羅場慣れしたキンバリーの上級生たちにとってすら、それは予想を大きく外れた事態だった。

「次に生徒の被害について。現状は四年生からガイ＝グリーンウッド、アニー＝マックリー、ギー＝バルテ、レリア＝バルテの四人が行方不明。目撃された救難球の光と地中の潜伏痕から、崩落に巻き込まれて『未知の空洞』に落下した可能性が高ぇ。救出案は当然イチから練り直し。状況のクソッタレ具合、もとい特殊性を踏まえて教師どもにも対応を打診してるが、まぁそっちはいつも通り期待すんな」

ティムが列挙した四人の後輩たちの名前。それを受けて、彼の傍《かたわ》らに座る統括補佐のウォーレイが口を開く。

「救助から漏れたのが四年生の四人。他の生徒が全員生還したのは不幸中の幸いですね。……結果論ですが、迷宮への立ち入り制限開始はベストのタイミングだったと言えるでしょう。下級生が巻き込まれていればもはや生還は絶望的だった」

「四年生だから無事とも限らないけどね。未知の階層にいきなり放り込まれるのは私だってごめんだ。……まして、この急激な変化が魔法使いによって引き起こされたのだとすれば」

同じ統括補佐のミリガンがそう口にする。ふたりの腹心の間でティムがこくりと頷《うなず》く。

「そういうこった。……二層の状況と生徒からの報告で絞り込めた。魔に呑《の》まれたのは六年のディーノ＝ロンバルディでほぼ確定だ。去年の暮れ辺りから雰囲気が微妙に怪《こっ》しくてな。生徒会《ち》の警戒リストにも名前が入ってた」

元凶の名前を聞いたメンバーたちの表情が険しさを増す。ひとまず誰を探し、誰と戦うかは確認できた。が——未知の場所で六年の手練《てだ》れを相手取るには、それ以外の部分に余りにも欠けが多い。彼らのそうした所感を踏まえて、ティムの視線が部屋の片隅を向く。今まで無言でそこに座っていたひとりの男を。

「早く救助を再開してぇのは山々だが、策を立てるにもまず状況をキッチリ把握しなきゃ始まんねぇ。余裕もねぇんだからさっさと腹ン中洗いざらいぶちまけ——じゃなくて、迅速な情報提供をお願い出来ますかね。リヴァーモア職員さんよ」

申し訳程度の礼節を添えてティムが発言を促す。メンバーたちの視線が集まる中、サイラス=リヴァーモアが静かに口を開いた。

「お前たちも察しているように、俺が巨獣種《ベヘモト》の頭骨を掘り出す時に巨大樹の地下はそれなりに調べた。あれは地上の姿から想像するよりも遥《はる》かに広く深く根を張っている。二層の全域を汚染している呪詛《じゆそ》の経路もおそらくそれだろう」

「そこまでは私たちでも推し量れる。ただ、地下深くに未知の空洞があるのは余りにも予想外だ。あれが何なのか見当は付くかい？」

ミリガンが続けて問う。彼女を見返し、リヴァーモアがそこへ重く問い返す。

「……あの巨大樹は二代目。そういう仮説があることは知っているか？」

聞いたメンバーたちが訝《いぶか》しげに眉を寄せる。巨大樹も樹木の一種である以上、親に当たる樹《き》が存在するのは当然だ。そんな自明の理を誰もわざわざ口にはしないのだから、今の言葉が示すところはまた別にある。生徒会の中でも抜きん出て広範な知識を持つウォーレイがそれを察し、記憶を辿《たど》りながら口にする。

「アルブシューフ先輩の論文でしたら存じています。今の巨大樹が発生する以前に、その苗床となった巨獣種《ベヘモト》が塒《ねぐら》にしていた先代の巨大樹が同じ場所にあったかもしれないと。……いくつかの痕跡を根拠として挙げながら、彼女自身も存在を断定はしていなかったように思いますが」

「だろうな。巨大樹の調査はエルフ魔術との相性からキンバリー側に求められたもので、キーリギ自身にその方向への強い興味はなかった。だからこそ半端《はんぱ》なところで研究を切り上げて放置したのだろう。……であれば、その先に目を付ける生徒が出てくるのもまた必然だ」

言葉を切ったリヴァーモアが机の上の投影水晶へ目を向ける。意図を察したミリガンが杖《つえ》を振ってそれを起動し、偵察ゴーレムに観測させた洞窟内部の映像記録を空中に映し出した。すぐさまリヴァーモアが停止と拡大を促す。ミリガンが再び杖《つえ》を振って映像を調整し、表面の形状から質感にまで及ぶ壁面の詳細が映し出される。単なる岩肌には見られない生物的な模様に、そこでメンバーたちも全員が気付く。

「壁面に樹皮や木目の痕跡が見て取れるのが分かるな。……これは溶岩樹形だ。先代の巨大樹が噴火に呑《の》まれた後にその姿のまま遺《のこ》した空洞の亡骸《なきがら》。キーリギの仮説を裏付ける明白な証拠と言って差し支え無かろう」

「なかロー！　なかロー！」

首に巻き付いたウーファが語尾を繰り返す。その姿に少しばかり肩の力を抜かれながら、ミリガンが顎に手を当てて今までの話を掘り下げた。

「……つまり、順番としてはこうなるのかな。最初に先代の巨大樹があって、巨獣種《ベヘモト》の一頭がそれを塒《ねぐら》に棲《す》み始めた。そこを火砕流が襲って先代巨大樹を溶岩で覆い尽くし、おそらく同時に息絶えたであろう巨獣種《ベヘモト》の屍《しかばね》から芽吹いた当代巨大樹が、それから長い時間をかけて今の形に成長した……と」

二層の成り立ちにも関わる洞窟の由来。その通りに太古の出来事を想像したところで、ふとウォーレイが首をかしげる。

「……直感的な疑問ですが、位置関係がおかしくはないですか？　巨獣種《ベヘモト》が塒《ねぐら》にしていたのなら巨大樹の根元近く——少なくとも樹木の上部尖端《せんたん》よりは下でしょう。であれば頭骨よりも先に溶岩樹形が見つかるのが自然だと思うのですが」

「火砕流に呑《の》まれた程度で巨獣種《ベヘモト》が即死はせん。息絶えるまでに這《は》い出《だ》そうと足掻《あが》いたのは想像に容易《たやす》く、頭が真っ先に見つかった点にもそれで筋が通る。……その足掻《あが》きに加えて、おそらく巨獣種《ベヘモト》の体内にあったことで、二代目の『種』は守られたのだろうな」

疑問に対してリヴァーモアが自分の見解を述べる。ウォーレイがなるほどと頷《うなず》き、ミリガンが腕を組んで鼻を鳴らす。

「二層に火山なんてものはない。けどデメトリオ先生の『瞑想場《めいそう》』がそうだったように、そもそもあの空間が丸ごと迷宮内に持ち込まれる前の出来事だと考えれば矛盾もないわけだね。……何やら壮大な話になってしまったけど、視点を元に戻そう。少なくとも空洞の由来については推し量れた。問題はそれを踏まえて現状にどう対処するかだ」

そこで改めてメンバー全員に思考を促す。少しの逡巡《しゅんじゅん》を経て、アンドリューズが手を挙げる。

「……今の巨大樹の直接の親というなら、溶岩樹形の構造についてもおおまかな予測は立つでしょう。枝は無数にあろうと、そのいずれも遡れば幹に繋《つな》がる。それは四人の救出に当たって重要な指針になり得ます。加えて要救助者のMr《ミスター》．グリーンウッドは魔法植物学に長《た》けていますから――」

「――我々と同じ思考に至る可能性も高い、と。いい考え方だねMr《ミスター》．アンドリューズ。ただ問題は、今はそこに魔に呑《の》まれた魔法使いがひとり巣食ってることだ。未知の空間が丸ごと彼の領域に等しい。はは――何だか昔の誰かさんを思い出す話だね？」

にやりと笑ってミリガンが言う。無論、放棄区画を自分の王国に仕立てていたリヴァーモアの過去を指してのものだ。あの時にはずいぶんと迷惑を被った――そんな含みも交えた彼女の皮肉に、受けた本人が鼻を鳴らして再び口を開く。

「……ロンバルディはおそらく、溶岩樹形を転用した工房から今の巨大樹へと接続している。言い換えれば巨大樹自体を巨大な使い魔に仕立てたということだが、あれほどの大物を操るには相応の手間と条件がある。二層の急激な変化から考えても使役者の位置はさほど深い場所ではなく、巨大樹の直下の妥当な範囲を洗っていけば自《おの》ずとそこへ行き着くだろう。……俺の立場から与えられる助言はここまでだ」

話が具体性を帯びる手前でリヴァーモアが言葉を切って目を閉じる。彼なりの線引きが見て取れるその振る舞いに、ミリガンが微笑《ほほえ》んで肩をすくめる。

「そうかい。まぁ分かるさ、今のあなたは教員側の立場だものね。けど――未知の空洞の発見にキンバリーの現状も加わって、今回はいくらなんでも状況にイレギュラーな部分が多すぎる。先生方にも特例的な計らいを求められる段階だと思うのだけど、あなたの意見はどうかな？ つい去年まで私たちの頼れる先輩で、魔法使いの道理を決して疎《おろそ》かにはしないサイラス＝リヴァーモア職員のお考えは」

露骨な揶揄《やゆ》にリヴァーモアが眉根を寄せる。蛇眼の魔女は暗に言っている――彼の研究の集大成である半霊ウーファ。その誕生の成否を分ける正念場で力を借りた面々に対して、今のあなたは小さからぬ恩義があるのではないかと。この場ではティム＝リントンがそうであり、同様のオリバー＝ホーンの友人もまた要救助者に含まれる。それを忘れてはいけないと。

だから――その辺りを踏まえてもうひと押し。ミリガンの視線に乗った図々《ずうずう》しいそのメッセージを、人生でも指折りの盛大な舌打ちを経て、リヴァーモアは苦い汁のように呑《の》み込んだ。

「舌の回る蛇めが。……俺からも可能な範囲では働きかけてやる。が、教師の助けを期待はするな。自分たちの面倒は自分たちで見る——状況がどうあれ、それがキンバリーの大原則だ」

最後にそう告げた上で立ち上がり、男はウーファと共に生徒会本部を後にする。閉じた扉の向こうにその背中が消えた後、ミリガンは愉快げな面持ちで他のメンバーへと視線を戻す。

「早くも教師の風格が出てきたね、あの人は。……期待するなと釘《くぎ》を刺されたけど、あの分なら多少のサポートは見込めそうだ」

「テッド先生方の動きも踏まえりゃ少しは追い風になるかもな。けど決定打にはならねぇ。——『お迎え』の候補は誰だ？」

手札が揃《そろ》いつつある中でティムが話を先に進める。ミリガンが目を閉じてうーんと唸《うな》る。

「それが難しいところでね。……Mr《ミスター》．ロンバルディ自身はバルディア先生の直弟子で、同学年では一、二を争うほどの呪術の巧者だ。もちろん同じ呪者の生徒たちが対処に名乗りを上げてはいる。けれど、その中の誰かがぴったり嵌《は》まる——という感じではないんだよね、正直なところ」

「適任者が不在のパターンですね。……憚《はばか》りながら、ゴッドフレイ前統括ならご自身で出向かれた局面かと思いますが」

ウォーレイが投げかけた一言で場が一気に張り詰める。ゴッドフレイの名前を出してティムを煽《あお》る——それは誰が考えても火に油を注ぐ真似《まね》だ。統括に就任してからのティムは客観的に見てよく務めを果たしているが、同時にその働きが〈煉獄《れんごく》〉の代わりに成り得ないことも本人が誰より痛感している。それを踏まえて尚《なお》「前任なら」と言い放ったのだから。

重い沈黙が降りる。そんな中、自分を見据えて微動だにしない補佐役の顔をじっと見返した上で、ティムがふぅと息を吐く。

「今もあの人がボスで、僕に行けっつーなら迷わずそうするぜ。……けどよ。前みてぇに安く扱えなくなっちまったからなぁ、この命も」

やがて、自嘲気味にそう呟《つぶや》く。――大きく変わってしまった。立場も心境も、敬愛する恩人の下で命知らずの〈毒殺魔〉として振る舞っていられた時代とは。その頃ならいつ死んでも良かったのだ。ゴッドフレイのために命を投げ捨てることに何の躊躇《ためら》いもなかった。そもそも七年生まで自分が生き長らえるなどとは少しも考えていなかったのだから。

だが。蓋を開けてみれば、自分は生き残ってここにいる。あまつさえ学生統括の任をゴッドフレイから引き継ぎ、オリバーのような後輩に慕われ、新たな仲間を率いて生徒たちを守る立場に就いている。一介の兵士だった頃の自分にはもはや戻れず、出来もしない〈煉獄《れんごく》〉の真似《まね》事《ごと》に及んで犬死にするわけにもいかない。それでは何も守れない。ゴッドフレイとレセディからの信頼も、今は亡《な》きカルロスとオフィーリアの想《おも》いも。……かつての自分たちが共有した、この学校を今よりも少しだけ憩える場所にするという始まりの願いも。

託された全てを何ひとつ疎《おろそ》かには出来ない。だからこそ、今のティムに挑発は少しも響かなかった。その姿を確かに見届けた上で、ウォーレイが静かに微笑《ほほえ》んで黙礼した。

「それが聞けて安心しました。……とんだ失礼を」

「別に怒っちゃいねぇよ。ったく、試し方まで生真面目なんだからなお前」

呆《あき》れた顔でティムが言い、それを聞いたメンバーたちもほっと胸を撫《な》で下《お》ろす。……トップに立つ人間の精神性を測ろうとしたウォーレイの意図は彼らにも分かるにせよ、だとしても今のは心臓に悪かった。両手を叩《たた》いてそんな部下たちの意識を引き戻し、ティムが話を続ける。

「ロンバルディのとこに突っ込むメンバーは呪者を中心にこっちで選ぶ。問題は残りの面子《メンツ》で行方不明の四年生どもをどう捜索するかだ。……オフィーリアの時と違って、今回は狙って攫《さら》われたわけじゃなさそうだからな。ロンバルディとはまったく別の場所にいる可能性のほうが高ぇぞ」

「加えて場所は完全に未知のフィールド。……となれば、まず要救助者の行動を予測できる人間がいないと捜索の成算が下がりすぎるね。本人たちの実力とモチベーションも踏まえて、今回も剣花団の面々には率先して動いてもらうことになるかな」

自《おの》ずと導かれる配置をミリガンが口にする。それを聞いたティムが一気に渋い顔になる。

「またあいつらに前線張らせんのかよ。……クソッ。僕が守るって言った舌の根も乾かねぇうちに……」

「？　ずいぶん悩ましげだね。彼らと何かあったのかい統括」

「何でもねぇよッ。いいからさっさとホーンたちに話回しとけ。あいつらが勝手に突っ込まねえうちにな！」

追及を躱《かわ》して荒っぽく言い放つ。そうして私情を振り切ろうとしても尚《なお》、ひとりの後輩の微《ほ》笑《え》みがティムの頭からどうしようもなく消えなかった。


一方、生徒会から待機を命じられた生徒たちが集まる討議の間。各々《おのおの》に食事と休息を取って捜索の再開に備える中、剣花団の面々もまた静かにその時を待っていた。今なおガイが迷宮に取り残されていることでカティはやや不安定だが、そこはシェラとオリバーが丁寧にケアして先走らないように抑えている。ただ――同じ問題は、身内以外にもあった。

「――召し上がられよ。ヴァロワ殿」

離れたテーブルに無言で座っていたヴァロワへ、ナナオがその隣に腰かけつつ語りかける。従者であるバルテ姉弟の救出にあと一歩で至らなかったことで、彼女の動揺は目に見えて激しさを増していた。手が付けられないまま冷めきった料理に代えて、ナナオが自分の皿からサンドイッチをひとつ差し出す。

「寝食忘れて当然の時合でござろう。が、なればこそ」

「……………」

拒む気力もなく、ヴァロワが鈍い動きでサンドイッチを受け取る。砂を噛《か》むようにそれを口にしながら、彼女は隣で自分の食事を再開したナナオへ問いかける。

「……不安じゃ～、無いの～……？　君は～……」

「ガイのしぶとさはよく知ってござる。一緒に行動しておられるなら、郎党のお二方もきっと無事でござろう」

迷いない返答にヴァロワの胸が疼《うず》く。理解に基づく信頼。使い魔と割り切って従者を扱ってきた彼女にとって、それは今さら望んでも持ち得ないもの。

「……私は～……ぜんぜん知らない～……。……ギーのことも～……レリアのことも～……」

「為人《ひととなり》を教えてくれ申したぞ」

「……違う～。それはただ～、道具の性質を把握してただけ～。……本当は～、これっぽっちも知らない～。……ヒトとしてのあいつらのことなんて～、何ひとつ～……」

弱音が口を突いて出る。取り繕う気もすでにない。醜態はとっくに晒《さら》した後だ。

「……知りたくなかった～……。……知っちゃえば～、あいつらが道具じゃなくなるから～……。……喪《うしな》うことが～……また～、怖くなるから～……」

「成功してござるか？　それは」

ナナオが淡々と問い返す。ヴァロワが言葉に詰まって俯《うつむ》く。

「……嫌いだ～……君なんて～……」

「すまぬ。意地悪を申したな」

微笑《ほほえ》んで詫《わ》びた上で椅子ごと向き直り、ナナオは相手をまっすぐ見据えて口を開く。

「聞かれよヴァロワ殿。――一度は斬り結んだ間柄。故に、言えることがあり申す。貴殿は強い。剣腕は無論のこと、胸の内に秘める情もまた人並み外れて。……なればこそ、その腕に何も抱えず生きていけるような性ではござらん」

「…………」

「喪《うしな》うことに怯《おび》えられるな。貴殿には守る力があり申す。……かつて何を取り落としたか、それを拙者は知り得ぬ。が――今の貴殿は、その時よりもずっと強い。それだけは確かなのではござらぬか？」

相手の胸の奥へと向けてナナオが語りかけ、ヴァロワがじっとその言葉に耳を傾ける。そんなふたりの様子を、剣花団の面々も緊張しながら横目で窺《うかが》っていた。

「……話し込んでいますわね」

「大丈夫？　オリバーも交ざらなくて」

「いいんだ。俺が入ってもかえって拗《こじ》れる。ナナオにしか出来ない仕事だよ、あれは」

カティに問われたオリバーが微笑《ほほえ》んでかぶりを振る。……失意のどん底にある今のヴァロワに胸襟《きょうきん》を開かせるだけの器量は自分にない。故に、今はナナオに委ねる。彼女を支えることも、その気持ちを前に向かせることも。何か出来るとすればその先だ。

同じ頃合いで討議の間にふたつの影が踏み込み、オリバーたちの視線がそちらに攫《さら》われる。

統括の補佐を務めるミリガンとウォーレイだ。彼らの姿がここにある時点で、生徒会本部での会議が決着したことは見て取れる。果たして、期待に違わぬ言葉がふたりの口から放たれた。

「待たせたね、君たち」

「方針が決まった。捜索再開だ」

待ちかねた宣言を受けた生徒たちが一斉に立ち上がる。戦意に満ち充《み》ちた後輩たちの姿に微《ほほ》笑《え》みを浮かべ、ミリガンが作戦を説明し始めた。

第四章

イビルツリー
呪樹

落下地点付近での待機が一時間を回ったところで、その場での救助の見込みが薄いと判断したガイたちは慎重に洞窟内の探索を始めた。壁面の痕跡から生前の伸長方向を判断し、その上で自分たちが今いる「枝」を元へと遡る形で進んでいく。

「……ものすげぇなこりゃ。元はいったい何年生きた個体だったんだ？　枝の一本でこれなら、全体は地上の巨大樹よりもさらにでけぇ……」

移動中も観察を続けながら感嘆の声を上げるガイ。後ろからそれを眺めたマックリーが口を曲げる。

「……あんただけ楽しそうでいらつくわ。魔法生物の相手してる時のアールトと同じよ、その顔」

「はぁ？　馬鹿言うな。おれのは学術的興味の範疇《はんちゅう》だろーが」

「自分が死ぬかもしれない状況でそれが出てくる時点で言い訳は無意味ね。……ま、別にいいと思うわよ魔法使いらしくて。好きにすれば？　私もあんたがどんな風に魔に呑《の》まれるか想像して気を紛らわせるし」

「ほんっと性格悪いなおまえ……。三年以上経《た》ったんだから少しは丸くなれよ」

ため息をつくガイだが、そこでマックリーのさらに背後を付いてくるバルテ姉弟との距離が開きかけていることに気付く。足を止めて振り向き、彼は弟を背負って荒い息をつくレリアへと声をかけた。

「ぼちぼち休憩だな。腰下ろせ、バルテ姉。無理すんなって言ったろ」

「……レリアでいい……すまんが、そうさせてもらう……」

「何よ、息切れ早くない？　弟背負ってるにしてもバテるような距離じゃ――」

怪訝《けげん》に思ったマックリーが相手に歩み寄ったところで絶句する。弟を床に寝かせて座り込んだレリアの全身から黒い靄《もや》がうっすらと立ち上っていた。それは呪詛《じゅそ》に冒されたギーとまったく同様の有様《ありさま》だ。

「……ちょっ……！　伝染《うつ》ってんじゃないあんた！　何よ、弟の呪い引き取ったの!?」

「……違う……対処はしていたが、こうなった……誤算だ……」

首を横に振って苦し気にレリアが言う。腕を組んでその様子を眺めていたガイだが、原因についてふと察するところがあった。それを考えた上で、彼は少々躊躇《ためら》いながら口を開く。

「……あー……。……うん、一旦弟から離れろレリア。んでマックリー、同性のおまえが少しケアしてやれ。対症療法で構わねぇ。弟のほうはおれが面倒見るからよ」

そう言ってギーを担《かつ》ぎ上《あ》げ、姉から距離を開けた場所で改めてその体を下ろす。洞窟の壁に背をもたれ、浅い呼吸を繰り返しながら薄目で自分を見返す相手に、ガイは身を屈《かが》めて話しかける。

「大丈夫かよバルテ弟。もうおまえもギーでいいよな？　……言い方は悪ぃけど、姉ちゃんに移った分だけ少しはマシになったんじゃねぇか」

「……ああ。すまねぇ、足を引っ張って……」

問いに答えて力なくギーが言い、それから目を伏せる。その右手で抜いた白杖《はくじょう》が、マックリーたちの方向へ遮音の壁を張る。

「……おまえは……気付いたんだろ？　グリーンウッド……」

「……あ？　何の話だよ」

「……とぼけなくていい……俺の呪詛《じゅそ》が、姉ちゃんに移った理由だ……」

言われたガイが思わず目を泳がせる。率直な性格が災いして、こういう時の誤魔化しは彼の苦手分野だ。

「……おまえら姉弟だろ。理由も何も、他人同士よりも呪的な繋《つな》がりが深ぇのは当然じゃねぇか。それに、あー、あれだ……ヴァロワの精神支配の影響とかもあんじゃねぇのか？　かなり強引に意識繋《つな》げてるみてぇだしよ、あれ」

ひとまず別の理由を持ち出して済まそうとする。その気遣いまで悟った上で、ギーが弱々しい苦笑を浮かべる。

「……どれも一因じゃあるだろうな。……けど、それらは俺たちの管理下にある条件だ。分かりやすく呪詛《じゅそ》が弱点になるような手落ちなんてヴァロワ様は残さない。……なのに、こんなにも容易《たやす》く移ったのは……」

そこで言葉を切ったギーが左腕で目を覆って上を向く。待て、と続く言葉をガイが止めようとし、

「……ここ最近の俺たちが……日常的に、関係を持っていたからだ……」

それを振り切って本人が告白する。それを聞いたガイが数秒の沈黙を経て頭をがりがりと掻《か》き毟《むし》り、体の方向を変えてギーの隣に並んで座った。続けてギーの右手を下ろさせて遮音の壁を代わりに張る。呪詛《じゅそ》で弱っている相手には少しの消耗も避けさせたい。

「——話してぇんだな。……分かった。だったら聞いてやるよ」

「……すまねぇ……」

意を酌《く》んで促すガイにギーが詫《わ》びる。洞窟の壁に背中を預けながら、ガイは言葉を選んで口を開く。

「……おれも詳しくはねぇけど、旧家にはそこそこある話だって聞くぜ。理由も色々あんだろ？　血統を外に漏らさないためとか……」

「……そうだな。けど……俺と姉ちゃんの場合は、また違う。姉弟と言っても、俺たちはもともと双子だ。同じ腹に同時に宿った分だけ色々と重ねやすいし、産まれた後もその特性を伸ばす方向で育てられた。……互いの精神接続を前提に選ばれた従者なんだ、要するに……」

ギーの口が生い立ちを語り始める。程度の差こそあれ、生前からの機能デザインは魔法使いにとって珍しくもない話だ。が、二者間の精神を繋《つな》げる方向でそれが施されることは多くない。理由は言うまでもなく、魔法使いにとって重要な「個」の構築に支障を来たすからだ。

「一心同体と言や聞こえはいい。意思疎通も連携も実際スムーズだからな。けど、この生い立ちには弊害もある。……離れられねぇんだ、互いから。長く距離を置いて過ごすと比喩でも何でもなく頭がおかしくなる。半分欠けた体で生きてるみたいな不安感がどうしようもなく込み上げて、魔力循環から体調まで全部どんどん乱れてって……期間が長引けば長引くほど、それが激しさを増す……」

「……きっついなそりゃ。寮は男女で別だろ。どうしてたんだ今まで」

「……夜に別れるくらいは、基本問題なかった。校舎に行けば会えるんだし、さすがに一週間程度の別行動には耐えられるように俺たちも『調整』されてる。……ただ、それは主人格のユルシュル様の管理下にあってこそだ。あの方に距離を置かれると俺も姉ちゃんも動揺する。脳から切り離された手足みたいなもんでな、情けねぇが本当に何をすりゃいいかも分からねぇんだ。避けられてると分かってて、それでも馬鹿みてぇに主人を探し回ることくらいしか……」

語り続けるギーが乾いた自嘲を零《こぼ》し、ガイは何も言わずに聞き役に徹する。慰めも励ましも口にはしない。それらで応じられるような話では決して有り得ない。

「精神の平衡を保つために、こうなるともう互いに四六時中べったりくっついて過ごすしかなかった。……ここ数か月、小さな用事以外では寮にほとんど戻ってねぇ。迷宮内の仮拠点で寝起きして、授業にもそこから直接行ってた。それでも不安で仕方ねぇから互いに身を寄せて……後はもう、なし崩しだった。愛し合うなんて上等なもんじゃない。そうしなきゃ壊れるからやる、ありゃ互いの体を使った自慰だ……」

血を吐くように言ったギーが深く頭を俯《うつむ》ける。その横顔に滲《にじ》む疲弊の濃さをガイもまた見て取り、否応《いやおう》なく姉弟の現状を理解する。――追い詰められていたのだ。二層で呪詛《じゅそ》を移される前から、彼らはもうとっくに。

「……限界だと思ってんだ、正直。こんな真似《まね》して時間を稼いでも、主人に避けられ続ける限りは状況がどんどん悪くなる。けど――ユルシュル様がもう従者を求めてないなら、そもそも俺たちには存在価値がない……」

「………」

その言葉を聞くに及んでガイの眉間にぎゅっと皺《しわ》が寄る。彼の反応に気付かないまま、ギーは自棄《やけ》の気配も露《あら》わに喋《しゃべ》り続ける。

「……ひょっとしたら、ここに置いてかれるほうが幸せなのかもな、俺たちは。……きつくなったらそうしろよ。俺も姉ちゃんも恨みやしねぇ……」

そこが限界だった。無言で持ち上げた左のこぶしを、ガイは相手の頭のてっぺんにごつんと振り下ろした。

「……つっ……！」

「アホかおまえ。そんな話しといてどうして置いていってもらえるなんて思いやがった。……腹立つ。ああ畜生腹立つ。――クソ腹立ってんぞおれは！」

遮音を解いて立ち上がったガイが胸に渦巻く憤懣《ふんまん》をそのまま叫ぶ。マックリーとレリアがぎょっとして彼に顔を向け、ガイは不機嫌そのものの顔でそちらへ向き直る。

「休憩は終《しま》いだ。呪詛《じゅそ》が二分されて薄まって、もうふたりとも歩ける程度には回復してるよな。……救助を待つにしても、今みてぇな『枝』じゃ見込みが薄い。目指すなら『幹』だ。これが溶岩樹形だって気付いてりゃ捜索側もそこを張らぁな」

言いながら呆然《ぼうぜん》とするギーに肩を貸して立ち上がらせる。マックリーがため息をつく。

「足手まといをふたり連れて辿《たど》り着《つ》ければ幸運ね。……ま、反対はしないわよ。私だってひとりじゃ生還出来る見込みは薄いし、どうせこいつら見捨てる気なんて更々ないんでしょ、あんた」

「分かってるじゃねぇかマックリー。こりゃもう立派なダチだな」

「体力削《そ》がれるから黙れ。――ほら、肩摑《つか》まりなさいレリア。さっさと進むわよ」

レリアに肩を貸して立たせた彼女を見てガイが微笑《ほほえ》む。そうして四人は再び洞窟を進み始めたが、ほどなく環境に変化が現れ始めた。ごつごつと硬い感触を返していた靴底が初めて柔らかいものに受け止められ、傍《かたわ》らの空中を蝙蝠《こうもり》が通り過ぎ、それらに気付いたギーがぽつりと呟《つぶや》く。

「……足場の感触が……」

「ああ、変わってきたな。剝《む》き出《だ》しの岩肌じゃなくて土が堆積してる。天井にゃ三層と同じ光《ひかり》苔《ごけ》も生えてるし、ここに棲《す》んでるらしい動植物の姿も見えてきた。……洞窟自体と比べて中の生物相はそんなに古くねぇ。誰かの手が入ってんだ。二層の有様《ありさま》もそいつの仕業かも――」

分析を口にするガイの声が足取りと共にぴたりと止まる。隣に並んだマックリーが訝《いぶか》しげに前方を見やり、

「ふたり連れて下がれ、マックリー。……やべぇ気配だ」

張り詰めた声が警戒を促す。その直後――彼らが見つめる暗闇の奥から、呪詛《じゅそ》をまとった魔獣の群れが続々と姿を現した。

「……っ……！」

「……杖振り鹿《ロッドユーザー》。後ろのは並の個体じゃねぇ、巨大樹の上に縄張り持ってた『主《ヌシ》』の一頭だ。崩落に巻き込まれて一緒に落ちてきたのか？　ご丁寧にお仲間まで連れやがって……」

じっと観察しながらガイが呟《つぶや》く。天井に生えた光苔《ひかりごけ》が幸いして、呪文で照らさずとも相手の全容を把握するのに苦労はなかった。それぞれの頭に見事な一本角を生やした大型の魔鹿たちが数えて五頭。個体ごとに異なる属性の精霊を操る二層の難敵であり、角を用いたその制御が魔法使いの呪文行使に似ることから「杖振り鹿《ロッドユーザー》」の名で呼ばれる。年経た個体は角を増やし

て複数の属性を操るようになり、ガイが指摘した「主《ヌシ》」はそれに該当する三本角の古強者だ。

　距離を置いて足を止めた群れの姿にガイが目を細める。……二層で戦った魔獣たちと違い、この杖振り鹿《ロッドユーザー》たちはすぐに襲って来ない。が、それは敵意の無さを示すものでは断じてない。襲撃に先立ってこちらの脅威を測っているのだ。そこそこ育った魔法使いが四人、そのうち手負いがふたり——そこまで見て取られた実感にガイが舌打ちする。

「呪詛《じゅそ》にある程度適応してやがる。……正気が残ってんのが逆に厄介だな。仲間割れは期待できそうにねぇか……」

「……どうにかなるの、これ。分かってる？　実質ふたりよこっちの戦力。こいつら連れてちゃ逃げられもしない」

「見込みがまだ甘ぇよ、誰かがバルテ姉弟を守らなきゃ真っ先に狙われんだろ。……もっと離れろマックリー。結界固めてふたり囲んで、そこから動くな」

　背嚢《はいのう》を下ろしつつ支えていたギーの体を後ろへ押しやり、重ねて指示を出したガイが前へ踏み出す。その行動にマックリーが愕然《がくぜん》と目を剝《む》く。

「ちょっ——ひとりで闘《や》る気⁉　自信過剰も大概にしなさいよあんた！　分かってんの、段取りもへったくれもない正面戦闘よ！　決闘リーグみたいに策を凝らせる状況じゃない！」

「おれだってやりたかねぇよ。……いいから下がってろ！」

　杖剣《じょうけん》を構えたガイが叫ぶ。彼の戦意を見て取った杖振り鹿《ロッドユーザー》たちが一斉に身構えた。

「茂り伸び来たれ《ブロゴロッシオ》！」

　先手を取ったガイが左手に握り込んだ種を前方へばら撒《ま》く。呪文でたちまち生え伸びて形成されていくバリケードを見て取るや、杖振り鹿《ロッドユーザー》たちが一斉にそれを跳び越える動きを取った。判断の早さは同時に群れの戦闘経験の豊富さを示す証拠――だが、「主《ヌシ》」が含まれる時点でガイもそれは当然に予測している。

「「「VOOO⁉」」」

　先行して跳躍に及んだ三頭、その足を形成途上のバリケードから急速に伸びた蔦《つた》が触手のように絡《から》め取る。ガイ独自の改良器化植物《ツールプラント》を用いた偽装防壁による罠《わな》だ。急造の蔦《つた》による拘束はもって数秒――だが、空中で崩れた姿勢から回復するまでのロスと合わせて、ガイが追撃に及ぶ間はじゅうぶんにある。後ろに残った二頭も仲間の体が邪魔になってすぐには援護に入れない。

「包め炎よ《フォルティス》　燃やして焦がせ《フランマ》！」

　そこに満を持しての二節詠唱を叩《たた》き付《つ》ける。事前に流れを組み立ててあった分だけガイの行動が早く、意表を突かれた杖振り鹿《ロッドユーザー》たちの対応は蔦《つた》からの脱出と呪文の迎撃でばらついている。これで前の三頭は焼き払った――そう思いかけた彼の眼前で、蔦《つた》に顔を向けた一頭が晒《さら》していたその横っ腹を、「主《ヌシ》」の三本角が反対側から一息に貫いた。

「VOOOOO！」

仲間を貫通した角の一本から猛烈な冷気が迸《ほとばし》る。ガイの放った炎をそれが中間で相殺《そうさい》し、同時に拘束を千切った二頭が難を逃れて左右に散る。自らの刺突で息絶えた一頭を「主《ヌシ》」が傍《かたわ》らに投げ捨て、それを目にしたガイは掛け値なしに戦慄した。……三頭の犠牲を防ぐために迷わず一頭を殺してのける瞬時の判断、その迷いない冷酷さ。巨大樹の一角を長らく支配してきた「主《ヌシ》」に相応《ふさわ》しい振る舞いと言うほかない。

「……通じねぇか、やっぱり」

「VOOOOOO！」

怨嗟《えんさ》を帯びた「主《ヌシ》」の咆哮《ほうこう》が響き、一頭の犠牲と引き換えに態勢を立て直した杖振り鹿《ロッドユーザー》たちが獲物を取り囲む。奇襲が失敗した時点で周りに蒔《ま》いていた種から新たな防壁を形成しつつ、気休めに過ぎないその守りの内側で、ガイはぼそりと声を漏らす。

「あぁくそ。……ここまであんたの読み通りかよ？　バルディア先生……」

呪術の教師と交わした言葉が思い出され、八つ当たりじみた愚痴が思わず口を突いて出る。だが——仮にそうだったとしても、恨むのはお門違いだろう。なぜなら彼女は何も強いなかった。ただ教え子に選択肢を与えただけ。それを選ばず犬死にする権利は今なお残されているのだから。

よって、ここから先は自分の問題。何を得るために何を選び、何を守るために何を捨てるか。決めなければならない。己自身の他に、この世の誰にもそれを決められない。

「……分かっちゃいたよ。おれだけ綺麗《きれい》な体じゃいられねぇのは」

諦観の苦笑がこみ上げる。土壇場《どたんば》で悩むまでもなく、答えはガイの中でとっくの昔に出ている。――ここでは死ねない。残してきたものも、守りたいと願うものも、その結末に甘んじるには余りにも多すぎる。

ほんの束《つか》の間《ま》だけ、自分がいなくなった後の五人を想像する。……彼らは悲しむだろう。それだけでは済まず、またひとつ抑えを失うだろう。魔に向かう足取りを躊躇《ためら》わせる理由が欠けるのだろう。それではいけない。自分は重石《おもし》でなければならない。仲間のいちばん後ろで、越えてはいけない線引きのこちら側で、最後まで彼らを抱き止めると決めたのだから。

故に覚悟する。そう在り続けるために、自ら魔へと一歩踏み出す――度《ど》し難《がた》いその矛盾を。

「悪ぃな、カティ。……しばらくハグは、してやれそうにねぇや」

最後の詫《わ》びが口を突いて出る。同時にローブの中へ左手を忍ばせ、ずっと隠し持っていた「それ」を指先で摑《つか》んで取り出す。……歪《いびつ》に膨らんだ真っ赤な果実。バルディア＝ムウェジカミイリより預かった「種」を自らの血で芽吹かせ、その苗を育てた末に実らせたもの。

それを口にした。奥歯で嚙《か》み潰し、一息に吞《の》み込んだ。

「――ッ――！」

胃の腑《ふ》で灼熱《しゃくねつ》が咲いた。追って生じた悪寒《おかん》が頭から指先までを余さず冒し尽くし、視界の端より這《は》い上ってきた黒いベールが見るもの全てを薄く覆って満たす。それはもう剝がれないのだろうと彼は思った。今後はこれを通して世界を見るのだとどうしようもなく納得した。呪いを容《い》れるとは、呪者になるとはそういうことなのだと、この刹那に身をもって理解した。

「……な——」「……グリーンウッド……」

「……あんた……」

彼の変化を目にした後ろの三人が絶句する。のみならず、ガイを包囲する杖振り鹿《ロッドユーザー》たちまでもが気圧《けお》されて咄嗟《とっさ》に動きあぐねていた。それらの反応に、ふと今の自分はどんな有様《ありさま》なのだろうと思いかけて——ガイはすぐに止める。そんな思考に意味はない。どれほど悍《おぞ》ましい姿に変わり果てていたとしても関係はない。やるべきことは決まっている。生きて帰るのだ。仲間のもとへ、それを邪魔する全てをこの手で退けて。

意思と呪詛《じゅそ》が合流する。大きな方向性のみを宿主として定め、その範疇《はんちゅう》なら好きにしろと容《い》れたモノに向かって言い放つ。理性で従えようとはしない。そんなことが出来るようなものではは最初からない。使い魔の使役とは根本が異なる。これには調教も説得も何ひとつ意味を成さない。叶《かな》うのは唯《ただ》ひとつ、何をどう呪うかの舵取《かじと》りだけだ。

宿主の寛容《かんよう》に呪詛《じゅそ》が歓喜する。ならば共に往《ゆ》こうと親しき友のように語りかけてくる。ああと応えて頷《うなず》き、それがすでに自分の一部と化したことをガイは実感する。——気付けば悪夢のように力が漲《みなぎ》る。吐き気と区別の付かない万能感に口元がつり上がる。彼が生まれて初めて浮かべる、それは紛れもない魔法使いの笑み。

「……ハハ……よく馴染《なじ》むぜ。……まんざら嘘《うそ》でもねぇんだな、才能あるって……」

呪者《カースハンドラー》・ガイ＝グリーンウッド。従来の在り方を太陽《サン》に置けば、暗転したる今は即《すなわ》ち日蝕《イクリプス》。切っ掛けの呪詛《じゅそ》は借り物なれど、その呪能は断じて接《つ》ぎ木《き》に非《あら》ず。同根の素養より育ち花開く、これもまた彼の才たる「魔」の形。

「……これで対等だ。──行くぜ、鹿ども」

「「「VOOOOO！」」」

杖振り鹿《ロッドユーザー》たちが各々《おのおの》の精霊を放って一斉に飛び退《すさ》る。これまでとまったく別物になった脅威の質、自分たちのそれを遥《はる》かに上回る呪詛《じゅそ》の気配がそうさせる。一発受ければ絶命に足る炎と電撃と冷気が四方向から迫り来る中、ガイは迷わず足元へ放った種へ呪文を放つ。

「**茂り蝕め《プロゴロッシオ》！**」

斜めに生やした呪木を蹴った反動で跳躍、そのまま冷気を跳び越えて着地し敵の一頭へ肉薄。斬撃を躱《かわ》して一旦後退する杖振り鹿《ロッドユーザー》へ、ガイは薙《な》いだ直後の杖剣《じょうけん》から敵側面の地面を狙って呪文を詠唱。着地前にすでに蒔いてあった器化植物《ツールプラント》が生え伸びて絡《から》み付《つ》き、その悍《おぞ》ましい成長の勢いのまま毛皮と肉を突き破って魔獣の体内へと侵入する。激痛と恐怖に駆られた杖振り鹿《ロッドユーザー》の絶叫が迸《ほとばし》り、それでも容赦なく育ち続ける呪木がその血肉を呪詛《じゅそ》の苗床にしていく。

「……なんだありゃ……」「……戦い方が……今までと、まるで……」

余りにも凄惨な光景にバルテ姉弟が愕然《がくぜん》と声を上げる。地面へ魔法陣を敷き終えたマックリーが立ち上がり、続く戦いを見つめながら忌々《いまいま》しげに口を開く。

「当然よ。あいつが使う魔法植物の多くはそれ自体が攻撃性を持たない。戦いに利用するには防壁なり罠《わな》なりでワンクッション挟む必要があった。……でも、今はもうそうじゃない」

目の前で起こった変化の本質を説く。逆転劇を喜ぶ気持ちなど微塵《みじん》も浮かばない。それが持つ意味を、彼女は正しく理解しているから。

「呪いは他者を害するだけのもの。呪術は誰かを苦しめるためにある技術。……だから、あいつの魔法もそれに染まる。命に親しみ育《はぐく》む術《すべ》から、それを呪い、蝕《むしば》み、殺すための業に……成り下がる」

忖度《そんたく》のない事実をマックリーが述べる。計り知れないその重みにレリアとギーが言葉を失い立ち尽くす。そんな彼らの前で、自ら呑《の》み干した呪いと共にガイは戦い続ける。

「吹き巻け疾風《インペトゥス》！　吹き巻け疾風《インペトゥス》！」

吹《ふ》き荒《すさ》ぶ呪文の旋風《つむじかぜ》。範囲の広さと引き換えに威力に乏しいそれを反撃の好機と捉え、角に精霊をまとった杖振り鹿《ロッドユーザー》たちが風の中へ頭から突っ込んでいく。が、直後、その行く手に聳《そび》えた呪木が並んで走る二頭を諸共に足止めする。時間差で育つように前もってガイが呪文で仕込んでおいたものだ。

「茂り蝕め《プロゴロッツシオ》！」

急停止を強いられた二頭の足元辺りへとガイが障害越しに魔法を放つ。それを先ほどの経験から呪木による攻撃と読んだ杖振り鹿《ロッドユーザー》の一頭が自ら踏み出し、地面へ届く前に呪文を自らその身に受けた。生育呪文はそれ単体で殺傷能力を持たないのだから間違った判断ではない。故に、過《あやま》ちはそれ以前に存在した。

「……VOO⁉」

体を這《は》い回《まわ》る違和感と痛みに杖振り鹿《ロッドユーザー》が叫ぶ。その毛皮の下を狂った蛇のように無数の呪根が蠢《うごめ》いている。先ほど呪文の風に乗せて種を飛ばした器化植物《ツールプラント》だ。風そのものに威力はなくとも、それを浴びた敵の体に種をまとわせることは出来る。相手の対応力から生育呪文を体で阻《はば》んでくることを先読みしたガイの罠《わな》だった。根に体を貪られる杖振り鹿《ロッドユーザー》の狂態を眺めて、彼は乾いた声で呟《つぶや》く。

「ハハ……すげぇや。寄生性の器化植物《パラシスティック・ツールプラント》でもねぇのに、植えて生やすだけでこのザマかよ……」

ガイの視線が残る二頭を睥睨《へいげい》した。すでに自分も種を仕込まれている——高い知能が災いしてそう悟ってしまった一頭が怯《おび》えて後ずさる。残りが二頭きりという状況もあり、そこに横槍《よこやり》の好機を見て取ったマックリーが思い切って介入した。前方の相手に気を取られていた杖振り《ロッドユー》鹿《ザー》へ彼女の電撃呪文が直撃して倒れ、ガイは自《おの》ずと残る「主」と対峙《たいじ》する。

「簡単だな、呪うってのは。育てるのよりもよっぽど安易で、単純で……………不毛だ」

率直な感想を呟《つぶや》き、暗い瞳で相手を見据える。趨勢《すうせい》はおろか数の優劣すら覆った状況を前に、

「主《ヌシ》」は迷わず最後の勝負に出た。最大出力で精霊を操って前面に炎をまとい、その状態で一直線にガイへと突進していく。正面から受けるなら打ち破るのみ。左右に避ければ即座に炎を飛ばしつつ追撃する目論見《もくろみ》だ。――が、

「**貫き伸びよ《フォルティス》　暗き森を成せ《ブロゴロッシオ》！**」

ガイはどちらも選ばない。代わりに、これまで一帯の地面に蒔《ま》いてあった種の全てへ向けて最大出力での生育を促した。一斉に生えた呪木が捩《ねじ》れた槍衾《やりぶすま》と化して「主」へと殺到する。正面の呪木はまとった炎で焼き払えたが、側面にまでその守りは及ばない。脇腹を左右から幾重にも貫かれた「主《ヌシ》」の疾走が否応《いやおう》なく鈍っていく。そこへ追い付いた呪木がさらに追加の楔《くさび》となって体を縫い付け――ガイの目前に及んで、その動きがついに止まった。

「VOOOOOO――！」

「もう楽になれよ。呪いはおれが持ってく。……悪ぃな、魔法使い《おれたち》の都合に巻き込んで」

そう告げて杖剣《じょうけん》を向ける。相手が最後の抵抗に放った炎を対抗呪文で相殺《そうさい》し、続けての踏み込みで刃を脳天に突き刺した。呪木に縫われて崩れ落ちることも出来ないまま「主《ヌシ》」が絶命し、その内に蓄えていた呪詛《じゅそ》が一斉にガイへと流れ込む。が――最初に容《い》れた時と比べれば、もうそれはさしたる衝撃でもなかった。

「…………終《しま》いだ。……怪我《けが》ねぇか、三人とも」

「あ、あぁ……」「……感謝するぞ、グリーンウッド……」

背中での問いにバルテ姉弟が硬い声で応じる。そちらへ視線を向けてマックリーを含めた三人の無事を確認すると、続けてガイは無言で敵に止めを刺して回った。呪木に蝕《むしば》まれながらも死に切れずにいた一頭、マックリーが電撃で昏倒《こんとう》させた一頭。いずれも速やかに首を刎《は》ねて楽にした。その分の呪いがまたガイの中に積み重なった。

「……これで全部だな。……さて……」

後始末を終えたガイが身をひるがえし、待たせていた三人の連れのもとへと向かう。やや緊張した面持ちの彼らの前へ歩み寄ると、消耗を避けるためにマックリーが座らせていたバルテ姉弟の頭を、ガイはおもむろに両手で鷲摑《わしづか》みにする。

「な――」「うッ――⁉」

何かが流れ出ていく感触に襲われたふたりが呻《うめ》く。ぎょっとするマックリーの前でそれをしばらく続けた上で、やがてガイは姉弟の頭から手を放す。具合を確かめるように頭を振って、それから軽く両手を開け閉めする。

「出来るんだな、やっぱ。……ようやく見えてきたぜ、色々と……」

独り言ちるガイの顔をバルテ姉弟が呆然《ぼうぜん》と見上げる。呪詛《じゅそ》をすっかり吸い取られ、嘘《うそ》のように軽くなった各々《おのおの》の体を感じながら。同じ光景にマックリーが眉をひそめる。――確かに、呪者であれば呪いの移動は容易になる。だが、今の手際《てぎわ》はそれだけでは到底説明が付かない。

そこはガイ自身も当然気付いていた。が、漠然とした原因の心当たりについては伏せておく。

ここからの脱出に直接は関わらないし、自分の勘違いであればそれでいい。確信もないうちから話して連れを不安にさせることもない。

「呪詛《じゅそ》はこっちで引き取った。多少不調は残っても八割がた回復したろ。先に進むぞ」

淡々とそう告げて先頭を歩き出す。慌てて立ち上がったバルテ姉弟と共にマックリーがその背中を追った。途中から足を速めて隣を歩きながら、彼女は横目でじろりとガイを睨《にら》んで問いかける。

「……それでいいの？　あんたは……」

「何訊《き》いてんだそりゃ」

「……あっそ。しらばっくれるなら好きにすれば。どうせ私には関係ないしっ」

言い捨てたマックリーが苛立《いらだ》ちも露《あら》わに地面を蹴飛ばす。その様子を視界の端で眺めながら、ガイは無言で薄暗い洞窟を歩き続けた。

作戦の立案を終えた生徒会から捜索再開の指示が下り、待機を支持されていた生徒たちが一斉に動き始めた。役割は大きく三つ。要救助者を探して溶岩樹形の「幹」を目指す四年生中心の部隊、その間に魔に呑《の》まれたロンバルディを抑えて「迎える」べく同じ地形の上方へ向かう五〜七年生の部隊、二層の地上に残って退路の確保を受け持つ残りの部隊。剣花団の面々は当然ながら「幹」を目指す部隊に加わり、地上に三つ開いた亀裂のそれぞれから同じ場所を目指して突入していった。

「——かなり下りましたわね！　地形把握《マッピング》はどうですか、ピート！」

「……順調だ。生徒会の予想通りだな。相当に広いけど、構造はそこまで入り組んでない……」

洞窟を駆け下りながらアールト隊の面々が言葉を交わす。同じ亀裂から入った部隊とは捜索範囲を広げるために前の分岐で分かれたため、今の彼らは三人のみでの行動だ。

オリバーたちとは突入の時点から入り口が異なるので、次に合流する時はおそらく「幹」になる。それを可能な限り早めるべく、ピートが再び限界個数でのゴーレム運用を行っていた。仲間と合わせて走りながらなので地上の時ほどの数は飛ばせないが、それでも先遣させての地形確認・索敵にはじゅうぶん過ぎる。ピートが意識下に展開したそれらの視界のひとつに、そこで最初の障害が映った。

「……前方から魔獣の群れ。二層から落ちてきたヤツらだな、軒並み呪詛《じゅそ》を帯びてる。内訳は大型が二体と中型が八体……」

「迎撃、放つよ！」

カティが迷わず自身の使い魔を飛ばす。地形と呪詛《じゅそ》の問題からマルコやライラといった大型の個体は伴えず、その条件下で彼女が選んだのは爪に強力な麻痺《まひ》毒を持つ小型の魔鳥たち。主に先行したそれらが一斉に魔獣たちへと襲い掛かる。戦術は徹底的な一撃離脱。引《ひ》っ掻《か》いては逃げを繰り返すことで毒を蓄積させ、カティたちの接敵までに可能な限り戦力を削る作戦だ。呪詛《じゅそ》による興奮で小さな傷に頓着しなくなっている魔獣たちに、これは極めて有効に働いた。

「……中型は全て昏倒《こんとう》、大型も動きが鈍った。今の速度なら約二十秒後に会敵する」

「では、あたくしとカティで一体ずつ！」「了解だよ！」

魔鳥たちを呼び戻しながらカティとシェラが杖剣《じょうけん》を構える。ピートが測った通りのタイミングで足元をふらつかせた魔獣たちと接敵し、彼女らはそこへ向かって同時に呪文を唱えた。

「「雷光疾りて《トニトゥルス》！」」

頭部に電撃を受けた二頭が諸共に昏倒《こんとう》する。毒の痺《しび》れに混乱している間を突いた完璧な奇襲であり、敵には何の抵抗も叶《かな》わなかった。念押しにカティの使い魔が魔獣たちへ追加の麻痺《まひ》毒を投与する。最低でも丸一日は動けない量であり、後から背中を襲われる心配もこれでない。

「……偵察ゴーレムの先頭が『幹』に到達した。恐ろしく大きな空洞だ。全体の地形が把握でき次第、他のチームにもマップを共有する……」

戦闘をふたりに委ねて偵察を続けていたピートが報告し、カティとシェラが頷《うなず》いて再び走り出す。一秒でも早く友人をその両腕に抱き締めるために。

「雷光疾りて《トニトゥルス》！」「芯まで痺れよ《いんぺでぃえんどむ》！」

呪文を受けた魔獣たちが続々と倒れ伏す。カティたちとは別の亀裂から溶岩樹形へ突入したホーン隊も、同じ「幹」を目指して洞窟を駆け抜けていた。目の前の敵を順調に片づけていく彼らだが、三人の中で唯一、ナナオの戦い方には少々のぎこちなさがある。

「むぅ、麻痺《まひ》呪文が使い慣れぬ。やはり斬り伏せられぬのは厄介でござるな」

「今は耐えろ。万一にも絶命させると呪詛《じゅそ》への対応が厄介だ。火力が落ちる分は俺が――」

「氷雪猛りて《フリグス》！　雷光疾りて《トニトゥルス》！　凝りて止まれ《プロイベーレ》！」

忠告を重ねるオリバーの視界でヴァロワの詠唱が連続する。それぞれの呪文で一体ずつを確実に仕留めながら、いずれも出力は絞って致命傷を負わせていない。その活躍で全滅した群れを眺めつつ、オリバーが感嘆を込めて言い直す。

「――俺とMs《ミズ》.ヴァロワが補う。……少し危ういが、思った以上に頼もしいな彼女は。クーツの技術もそうだが、状況に応じた呪文の使い分けが抜群に上手《うま》い」

「存じてござる。何しろ一度は刃を交えた相手故」

「それが信頼の根拠か。……勝てないな、君には」

ナナオの言葉にオリバーが微笑《ほほえ》みを浮かべる。続けて倒した敵の完全な無力化に回った彼らだが、そこに前方から形状に見覚えのあるゴーレムが飛んできた。三人の頭上に滞空して接触を促すそれに、オリバーは杖剣《じょうけん》を触れさせて意識へ直接情報を受け取る。たちまち頭の中に広域に及ぶ溶岩樹形の立体図が広がった。

「ピートから作成途中の地図《マップ》が届いた。……すごいな、もう『幹』の地形情報とそこまでのルートが出来上がってる。これなら最短で行けるぞ」

「それは重畳。成長が目覚ましくござるな、最近のピートは。去年と比べても頼もしさが跳ね上がってござる」

「……同感だが、それが危うい。爆発的な成長を迎える時期の魔法使いは得てして不安定になるものなんだ。得た力に酔っていなければいいんだが……」

懸念《けねん》を口にしたオリバーの頭に否応《いやおう》なく先日の出来事がよぎる。心配など遅きに失して、すでに彼は深すぎる場所に踏み込んでしまっているのではないか——そんな不安が胸をこみ上げ、慌てて頭を振って打ち消す。今考えるべきはそれではない。助けを待っているのはガイなのだ。

「……思考を散らしている場合じゃないな。今はガイたちの救助に集中だ。彼ならそう簡単に連れを見捨てたりはしない。希望はあるぞ、Ms《ミズ》．ヴァロワ」

「そういうのいいから～！　もっと急いで～！」

魔獣たちの無力化を終えたヴァロワが前進の再開を促す。従者の元へ急ぐその想《おも》いを酌《く》んで、オリバーとナナオはすぐさま彼女と共に走り出した。

同じ頃。前線の激しさとは裏腹に、二層の地上では奇妙な静寂が訪れていた。

「……静かになりましたね、急に」

「だね。魔獣の制圧が進んだのもあるだろうけど……」

亀裂の近くに高台を設けて敷いた本陣からウォーレイとミリガンが呟《つぶや》く。あらゆる状況の変化に備えて、今の彼らはここで指揮を執る立場だ。ふたりの後ろに立つ統括のティム＝リントンが、そこでふと屈《かが》んで足元の土をつまむ。

「……それだけじゃねぇな。地中の呪詛《じゅそ》濃度が急激に下がってる。垂れ流すのを止めたんだ、こりゃ」

「こちらの襲撃を察して対応に回ったということでしょうか？」

「だったらいいけどな。もっと厄介なパターンもある」

ウォーレイの推察にそう答えつつ、ティムは同じ階層の中心、呪詛《じゅそ》を孕《はら》んで異様な雰囲気をまとった巨大樹を見上げる。

「リヴァーモアの情報を踏まえりゃ、ロンバルディは巨大樹の直下――溶岩樹形の頂点付近から呪詛《じゅそ》を操ってたはずだろ。それがなりを潜めたってことは……下ったのかもしれねぇ。同じ空洞のもっと下側に」

「ふむ？　襲撃から逃れて、ということかい？」

「魔に呑《の》まれた奴《やつ》がビビって逃げはしねぇ。それでも移動したとすりゃ、他に理由があるんだ。

マトモな思考を失った頭をそれでも惹《ひ》きつけるものが、その方向に……」

そう口にしながら、ティムは嫌な予感が自分の中で膨れ上がっていくのを感じる。……今の時点ではひとつの可能性に過ぎず、外れていればそれでいい。だが、指揮を執る立場である以上は最悪のパターンにも備えなければならない。思考をまとめた上で彼は命令を発した。

「前線に状況を伝えてロンバルディの位置把握を急がせろ。万一に備えて教師どもにも警戒を促せ。……杞憂《きゆう》なら別にいい。けど――そうじゃなかったら、四年どもが危ねぇ」

ティムたちが采配を振るう一方で、その近くには特別枠で動員された三年生チームの姿もあった。従来のメンバーにピーターを加えたカルステ隊の四人。今の彼らは三つある亀裂のひとつに張り付き、そこに近付く魔獣を排除するという役割を担《にな》っていた。

「……思ったより暇だな。……ま、しゃーねぇけど」

「中がどうなってるか誰も分からない場所だからねぇ。ちょっと残念だけど、さすがに妥当な配置だと思うよ、僕も」

「私だけなら同行出来ましたが」

「八つ当たりすんじゃねぇよテレサ。おまえだってホーン先輩に釘《くぎ》刺されてたろ。立場はおれたちと一緒だ」

　ピーターと話しつつ、割って入ったテレサの不満げな言葉をディーンが諫《いさ》める。が、そんな彼もまた手持無沙汰は否《いな》めない。持ち場の亀裂に魔獣が寄って来たのは最初のうちだけで、凶暴化した魔獣を積極的に鎮圧して回る四年生チームの働きもあり、先ほどから彼らの出番はすっかり無くなってしまったのだ。

　ふとディーンが視線をもうひとりの仲間に向けた。先ほどから一言も発さず亀裂の奥をじっと見つめているリタ＝アップルトン。その心情を慮《おもんぱか》りながら、張り詰めた横顔へ話しかける。

「元気出せよリタ。……なんつーかその、おれにも気持ちは分かる。今は歯がゆいと思うぜ。けど、他でもないホーン先輩たちが救助に向かってんだ。心配しなくても必ず――」

　励ます言葉の途中で、相手の顔がぐるんとディーンを向いた。思わずびくりとする彼に、リタは視線を合わせたまままっすぐ詰め寄る。

「……分かってくれる？　……本当に？」

「――お、おぉ」

　気圧《けお》されながらもディーンが頷《うなず》く。出任せではなく、共感は確かにある。彼にとってのカティ、リタにとってのガイ――互いに先輩を思慕する立場はずっと前から一緒だ。必然、ガイと日常的にくっついて過ごすようになった最近のカティの姿にはディーンも少なからず複雑な気持ちでいたが、同じ光景に対してリタがより深刻な想《おも》いを抱えていることも彼は察していた。その経緯を踏まえて、今の彼女がどんな心境でいるのかも、少しは推し量れるつもりでいた。

「だったら、ひとつお願い。……これからわたしがすること、しばらく内緒にして」

そう告げたリタが決意の宿る瞳で亀裂を見下ろす。その様子と今の言葉から彼女が何をしようとしているのか察して、焦燥に駆られたディーンが身を乗り出す。

「……本気かよ。おい待て、早まんなリタ。おまえがひとりで突っ込んでも二次遭難して迷惑かけるだけだ。それは自分でも分かってんだろ？」

「分かってる。けど――それでも、我慢できない。自分で自分を、抑えられない……」

震える左手で己の肩を握り締めながらリタが言う。続く諫《いさ》めの言葉が思い付かずにディーンが口を噤《つぐ》む。傍《はた》からじっと彼らの様子を眺めていたテレサが、そこで静かに友人へ歩み寄る。

「憤《いきどお》っていますね、リタ」

「……テレサちゃん……」

「何がしたいのですか、あなたは。それを聞かないと始まりません。取り繕わずはっきり口にしてください」

目をまっすぐ見つめて正面から問いかける。回答を求められたリタが、そこで今一度自分の内側を見つめ直した。――憤《いきどお》り。そう、確かに自分は憤《いきどお》っている。敬慕するグリーンウッド先輩の身を案じながら、それと同じだけアールト先輩に抑えがたい怒りを覚えている。

激しく渦巻くその感情のまま、リタは胸の内に叫ぶ。――なぜ、ひとりにしたのだ。あの人はあなたを想《おも》ってあんなに悩んでいた。なのに、なぜそのあなたが傍《そば》にいてあげなかった。それが出来ていれば今のような事態にはならなかったかもしれない。お日様の匂いがするあの人を無用の危険に晒《さら》さず済んだかもしれないのだ。

自分なら、何を差し置いてもそうしただろう。昼も夜も関係なく彼に寄り添って思《おも》い遣《や》り、揺れる心を常に隣で支えて過ごしただろう。悔しくも自分の立場ではそれが出来なかった。けれどあなたには叶《かな》う立場だった。ずっとずっとそれが羨ましくて呪わしくて仕方が無かった。

なのに、なのに――なぜ。

積み重なった想《おも》いが願いへと形を成していく。思慕と憧憬と嫉妬と怒り――それら全ての情念を煮詰めた果ての結晶。虚飾なき己が切望を、リタは叫ぶ。

「……行きたい。グリーンウッド先輩のところに。あの人よりも先に……！」

脈打つ心臓をそのまま吐き出すに等しい告白。見開いた目に涙を浮かべて震えるリタの表情。それらを諸共に受け止めて、テレサは思う。ああ――余りにも覚えがある、と。

今のリタは、あの時の自分と同じだ。ナナオ＝ヒビヤの行動が主君を傷付けたと思い込み、抑えがたい憤怒《ふんぬ》に駆られて報復に走った去年の自分。それが正しい行動ではないと理性では分かっていた。結果がどうあれ彼を悲しませるだけの不毛な行いであると理解していた。それでも止まれなかった。そこで止まってしまったら、抱いた意思を曲げられてしまったら、自分の中のとても大切なものが死んでしまうように思ったから。

リタもそうなのだろう。突き進む他にどうしようもなく、然《しか》るに是非もないのだろう。向かった先で自分が何の役にも立たないとしても、その行動の先に後悔だけが待つとしても、よしんばそこにすら辿《たど》り着《つ》けず死ぬとしても——抱いた想《おも》いだけは死なせられないのだろう。であれば、この世の何処《どこ》にもありはしない。その意思を止めうる、魔法のような言葉など。

「……なるほど。よく分かりました」

全《まった》き理解を告げ、テレサが静かに立ち位置を変える。リタの前から、亀裂を背にしたその隣へと。友人と並んで奈落の縁《ふち》に立った彼女の姿を、ピーターとディーンが驚きの表情で見つめる。

「テレサちゃん——」「……おまえ……」

重い静寂が降りる。彼らと同じ驚きをもって自分を見つめるリタの傍《かたわ》らで、テレサもまた己の意思を告げる。

「私はリタに付き合います。明らかな愚行ですが、個人的に止めたくありませんので。……あなたたちはどうします？　先輩を呼んで言い付けますか？　それとも私たちと戦って止めますか？」

杖剣《じょうけん》の柄に手を掛けつつテレサが問う。もとよりその覚悟だと態度で告げている。常と変わらぬ無表情の中の、しかし裏腹な熱を秘めた彼女の瞳とまっすぐ向き合って——やがて、ディーンが大きく息を吐き出す。諦観に至った心持ちで、肩をすくめて彼は言う。

「つまんねぇ確認すんじゃねぇよ、ったく。……付き合うに決まってんだろ。腹決まってんなら最初にそう言え」

「ん。じゃあ僕タイミング計るね」

友人の答えを受けて、ピーターも当然とばかりに周囲の確認を始める。それを見たテレサの顔に珍しく驚きが浮かんだ。ディーンの返答は彼女も心のどこかで予想しており、それは二年以上の付き合いで育まれた無意識の信頼でもある。が、ピーターに関しては率直に言って未知数だったのだ。

「……ピーター、あなたも来るのですか？　しくじれば普通に死にますが」

「うわー怖いねー。けど仕方ないよ。生きるのも死ぬのも、僕はずっとディーンと一緒だもん」

透き通った微笑《ほほえ》みを浮かべてピーターが答える。それを目にするに及んでテレサも己の発言を省みる。──愚問を投げた。彼の譲れぬ想《おも》いもまた、曲げようなくそこにあるのだ。

「……今のは失言でした。謝罪します、ピーター」

「テレサちゃんの謝罪とか激レアだね！　……あ、ちょっと待って、今いい感じだよ。先輩たち誰もこっち見てないから」

さっそく好機を見て取ったピーターが三人へ行動を促す。早すぎる流れに感謝を言いそびれながらも、リタがすぐさま涙を拭って亀裂へと振り向く。杖剣《じょうけん》を抜いて暗闇を睨《にら》み付《つ》けながら、これより無謀を共にする友人たちへ向かって彼女は言う。

「わたしが最初に降りる。……みんな、離れず付いて来てね。何があっても絶対に守るから」

「おれの台詞《せりふ》だそりゃ。誰も犬死になんざさせねぇよ」

「第一候補が言っても説得力に欠けますね」

「おいテレサ、戻ったら決闘な。休憩なしで即だからな」

「あはは！　じゃあ僕立会人やるね！」

いつもの軽口の応酬がリタを優しく勇気付ける。それを最後の後押しに彼女の両足が地を蹴り、それを追って他の三人もまた暗闇へと身を躍らせた。


そこまでの流れを。近くの木陰から、フェリシア＝エチェバルリアは余さず見届けていた。

「……ふむ」

「命令無視の独断専行！　言語道断！」「どうされますかフェリシア様！」

後ろに控える従者ふたりが非難の口調も露《あら》わに確認する。腕を組んでしばし黙考したフェリシアが、その口元にふっと笑みを浮かべて悠然と踏み出す。

「これも一興か。……見物に行くぞ」

「命令無視の独断専行！　委細承知！」「先陣を切ります！」

意見を百八十度変えて即応した従者ふたりが走り出し、そこに続く形でフェリシアが亀裂へ身を投じる。そうして全ての三年生がいなくなった後の彼らの持ち場へ、何も知らずに周囲の巡回を済ませてきたボウルズ隊の面々が戻ってきて眉をひそめる。

「――おい、待て。……あいつら、どこ行った……？」


魔獣との交戦を一度切り抜けた後は大きな障害もなく、ガイたち四人は順調に洞窟を進み続けた。バルテ姉弟が復調したことで移動も自《おの》ずと早まり、その足取りは着実に目指す場所へと近付いた。

「……あ……」「……ここは……」

ひときわ長い斜面を登り詰めたところで、彼らの視界が一気に見晴らす。四人が遡ってきた道を含む無数の「枝」と合流する形で、凄《すさ》まじく広大な円筒状の空間がそこに広がっていた。円周に沿う形で生えた螺旋《らせん》階段めいた樹木が上から下までの長い距離を延々と繋《つな》げ、その途中で分かれて伸びた枝が円を横切る形で数多《あまた》の橋を渡し、散在する光苔《ひかりごけ》と併せて随所に置かれた巨大な鉱石ランプが空間の大半を仄《ほの》明るく照らし出す。置かれた状況を一時忘れて、ガイたちはその光景に見入った。迷宮慣れしたキンバリーの四年生ですら息を呑《の》むほどの、それは現実離れした絶景だった。

「……『幹』に出たな。ちっと急ぎ過ぎたか。おれたちが一番乗りらしいぜ、どうやら」

我に返ったガイが周りに視線を巡らせながら囁《ささや》く。学徒としての好奇心は大いに疼《うず》くが、さすがにこの場でフィールドワークに興じる余裕はない。見通しの良すぎる地形を踏まえれば「幹」の内部へ入ることすら危険だ。短い話し合いの後に「枝」の出口付近で結界を張って潜伏することに決まり、その段取りを全員で済ませたところでガイが背嚢《はいのう》を下ろす。

「ここまで来りゃ、後はもう息潜めて救助を待つだけだ。メシでも食ってのんびり――」

言いながら取り出した携行食の封を解いた瞬間、彼はうっと顔をしかめる。手ずから焼き上げたパウンドケーキが見るも無残に腐敗していた。単なる保存の不手際《ふてぎわ》によるものでは当然ない。体内に容《い》れた呪詛《じゅそ》の影響を、知らぬ間にその手持ちの食糧までもが被《かぶ》ったのだ。

ガイが慌てて荷物の中身を総ざらいする。魔法陣を刻んだ水筒に入った飲料水は幸いにも無事で、呪詛《じゅそ》の影響を受けたのは食料だけだった。が、腹を満たすものが無くなったことに変わりはない。駄目になった糧食をまとめて地面に置きながら、ガイが悄然《しょうぜん》と肩を落とす。

「……しくじった。どれももう食えたもんじゃねぇ。何の対策もしないで呪詛《じゅそ》帯びた体で持ってるとこうなんのか……」

「にわか呪者もいいとこね。……ほら、こっち食べなさいよ」

皮肉を挟んだマックリーが自分の手持ちの食料を突き出す。数秒の間を置いて、意表を突かれたガイがそれを受け取る。

「……おお、悪ぃ」

「別に。さっさと食べれば？　長く手に持ってると同じことになるんじゃないの、それも」

「そりゃそうだな。んじゃ、いただきます」

もらった携行食にガイが齧《かぶ》りつき、がちんと音が鳴る。硬い。パンやケーキではなくビスケットなのかもしれない。力を込めて嚙《か》み砕《くだ》いたそれをぼりぼりと音を立てて咀嚼《そしゃく》し、「ん？」と思いながら呑《の》み込む。しばらく首を傾《かし》げた上で、ガイがぽつりと口を開く。

「……………なぁマックリー。手作りか？　これ……」

「味の感想は要らないわ。少なくとも栄養面に問題はないでしょ」

「……ああ、腹は膨れるぜ、腹はな。……焼き菓子の作り方、今度教えてやろうか？」

「それ以上言ったら腹殴って吐き出させるからね！」

切なげな表情のガイをマックリーがこぶしを握って脅す。やや離れた場所からその様子を眺めていたギーが、そこで思わず苦笑を零《こぼ》す。

「……はは……」

「？　どうした、ギー」

「……いいなと思ってよ、あいつらのやり取り。なんかこう、人間と人間の会話って感じだ。……あんな風に喋《しゃべ》れたことねぇなぁ、ユルシュル様と……」

自分たちの過去を振り返りながらそう呟《つぶや》く。レリアが苦い面持ちで目を逸《そ》らす。

「……我々は従者だ。あの方の友達ではない。立場に相応の振る舞いというものがある」

「分かってるよそりゃ。……けどよ。なんかこう、打ったら返るものが欲しいんだ。一方的に命令を受けて動くだけじゃなくてさ。……俺たちが従者未満の傀儡《かいらい》だったとすりゃ、たぶん、足りてなかったのはそういうもんじゃねぇかな……」

気付けば、そんな反省がギーの口を突いて出る。俯《うつむ》いたレリアが彼の袖をぎゅっと摑《つか》む。

「……あまり先を行くな弟。お前に置いて行かれると……姉は、泣きそうになる」

「ごめんよ、姉ちゃん。……置いてったりしねぇよ。今までもこれからも、姉ちゃんの隣がおれの居場所だろ？」

寂しさに震える姉の体をギーの両腕が強く抱き締める。その様子を横目でじっと見つめながら、マックリーの携行食を食べ終えたガイがぽつりと呟《つぶや》く。

「……何とかしてやりてぇな、あいつらも……」

「呑気《のんき》ね。よその面倒見てる場合じゃないでしょあんた。校舎に戻ったらどうするつもり？そう簡単には除《のぞ》けないわよ、その呪詛《じゅそ》」

「あー……まぁな。しばらく不便なのは仕方ねぇけど、さすがに先生方が何とかしてくれるって思いてぇ。……早く戻らねぇかなぁ、バルディア先生。なんか妙に会いてぇ……」

「うわ、怖。もう肩まで沼に浸《つ》かってる思考よそれ。ご愁傷様ね、ダヴィド先生が肩を落とす様子まで今から見えてきた」

「……やっぱおかしいか、今のおれ。実際怖ぇんだよな、呪詛《じゅそ》面での親子関係って。感情面にどうしても影響が出るらしいし、気を付けねぇとすぐズブズブの依存に——」

我が身を振り返りかけたガイの言葉が途切れる。異常な寒気と重圧が彼の全身を包み込み、同じものを感じ取ってしまった他三人の顔から一斉に血の気が失《う》せる。

「——ねぇ、これ……」

「声上げんなマックリー。目だけで確認しろ。……上だ」

壁際《かべぎわ》へ後ずさりながらガイが視線で大元を示す。「幹」の上から、それが降りて来ていた。空間の天井より触手のように生え伸びた無数の呪木の枝——その一部の先端と一体化した状態で、ひとりの魔法使いがそこにいた。髪に代わって鬱蒼《うっそう》と頭部を覆う病葉《わくらば》の隙間から暗い瞳が覗《のぞ》き、その視線が潜伏したガイたちの方向をぎょろりと向く。

「……隠れなくてもいいよ、君たち。どうせここでは僕から逃げられない……」

語りかけられた四人がぶるりと身を震わせる。すでに捕捉されていると悟ったガイがふぅと覚悟の息を吐き、敷いた結界を外れて自ら「幹」の側へと踏み出した。マックリーとバルテ姉弟も硬い表情で後に続く。

「やり過ごせはしねぇか、やっぱ。……どうも先輩。話したことはないですけど、校舎で何度か会ってますよね」

「僕はよく憶《おぼ》えてるよMr《ミスター》.グリーンウッド。魔法植物学の分野でその学年にしては目覚ましい成果を上げている後輩だし、バルディア先生が目を掛けた生徒は必ずチェックしているんだ。

「……しかし、そうかい……今年の最屓は君かい……」

呟《つぶや》いた男がくつくつと笑う。自分を見上げる後輩たちの前で左手を胸に当て、そうして改めて口を開く。

「親しみを込めて名乗っておこう。キンバリー魔法学校六年・ディーノ＝ロンバルディ。専攻は植物を媒介とした呪術運用の研究。かくも偉大にして不憫《ふびん》なる万禍《ばんか》の揺り籠、あのムウェジカミィリを師に仰ぐ呪者の端くれだ。口さがない者には〈呪樹《イビルツリー》〉などと呼ばれたりもするね」

「ご丁寧にどうも。四年のガイ＝グリーンウッドです。専攻は知っての通りで魔法植物学。構えて名乗る程でもねぇ、ただのしがない農家の倅《せがれ》っすよ」

「そして呪者にもついさっき片足を突っ込んだ、だね。……ふふ、縁を感じるよ。ここまで来たならすでに自覚もあるだろう？　僕と君は呪詛《じゅそ》面での兄弟だ。会えて嬉《うれ》しいよ、弟」

その言葉を聞いたマックリーたちの視線が驚きを込めてガイを向く。が、彼自身に戸惑いはなかった。予感はあったし、こうして面と向き合えば気付かないほうがむしろ難しい。即《すなわ》ち――互いの抱える呪いが、同一の親から分けられたそれであると。

「……やっぱそうすか。確かに、これ容《い》れた時からそんな気はしてましたよ。倒した魔獣にしろ、後ろのツレにしろ――引き取った呪いの制御が余りに簡単すぎる。元が同じってんならそれも納得です。おれが百年に一度の天才だったらもっと良かったんですけどね」

「ははは、謙虚だね君は。……百年に一度かどうかは別にして、呪詛《じゅそ》を受け入れる器としての君はじゅうぶんに非凡だよ。普通ならそれを容《い》れてそんなにも平然とはしていられない。僕も最初の数日は不様にのた打ち回った。……君はまだ容《い》れて間もないのだろう？　その分だと才能は僕より上かもしれないね……」

「お褒めに与《あずか》って光栄ですよ。ただ、そういう話ならもっと落ち着いた場所でしたいんですけどね。おれたちゃ訳も分からずここに落ちてきて出口を探してるとこなんで。……良けりゃ案内してくれますか？　手っ取り早く校舎までの戻り方とか」

開き直ったガイがいっそ図々《ずうずう》しく尋ねてみる。ロンバルディが愉快げに微笑《ほほえ》み、その指先がすんなりと直上を指し示す。

「……この『幹』を一番上まで昇って、そこから適切な枝を選んで進めば巨大樹の内部に出る。箒《ほうき》を使えばもっと早い。案内板はないから迷うかもしれないけどね」

「そっすか、助かります。……んじゃ、これで失礼させてもらってもいいすかね。お礼は校舎でまた会った時ってことで」

礼を述べたガイがさっさと会話を打ち切ろうとする。ロンバルディがゆっくりと首を横に振る。

「残念だが、代価は今すぐ請求させてもらう。……巨大樹を介した呪詛《じゅそ》の運用が思った以上に大変でね。同じ呪いを扱える君にも手伝ってもらって制御を少しでも楽にしたい。構わないだろう？　これほどの偉業に関われるんだ。呪者としてはこの上ない栄誉さ……」

憚《はばか》らずに言って後輩へと手を差し出す。その求めに、ガイが眉根を寄せて頭を掻《か》く。

「偉業っすか。……じゃあ、聞かせてくださいよ。あなたはここで何してんすか？」

「見ての通りだよ。巨大樹を依《よ》り代《しろ》とした呪詛《じゅそ》の処理。一部の植物、とりわけ高齢の大樹が持つ呪詛《じゅそ》の受容・浄化能は君もよく知るところだろう？　僕はそれを利用した仕組みで呪いを封じ込め、さらには解《げ》そうとしているのさ。従来の解呪よりも遥《はる》かに効率的なやり方でね」

「そっすか。じゃあ失敗したんすね、それ」

あっさりとガイが言ってのける。忽《たちま》ち空気が凍り付き、マックリーたちの顔が強張《こわば》る。

「植物の呪詛《じゅそ》受容能についてはおれも知ってますよ。あんたのそれも含めて、いちおう論文も両手の指で数え切れない程度には読んでます。……けど、どうやっても長期の持続は難しいってことで結論が出てたはずです。理由は依《よ》り代《しろ》にした植物それ自体の呪詛《じゅそ》による変質。呪いを抱えて解《げ》してくれるのは最初のうちだけで、その能力が擦り切れた瞬間から抱えた呪詛《じゅそ》を撒《ま》き散《ち》らす。それだけはどの種であっても例外なく」

推察の根拠をガイがつらつらと述べる。――物怖《ものお》じはしない。ご機嫌取りをしたところで時間稼ぎにもならないと分かっている。だからこそ核心を突くのだ。後輩の戯言《たわごと》と聞き流せないところまで、相手の研究者としてのプライドを。

「あんたの技術が特別だってことは認めますよ。……普通なら動物から植物に呪詛《じゅそ》を移すのには食物連鎖に伴う長い時間がかかる。生き物としてのつくりが違い過ぎて直接の経路が結び辛《づら》いのがその理由で、『人は木を憎めない』なんて表現も昔の魔法使いが残してますね。呪者を通せば多少は短縮出来ますけど、巨大樹ほどの規模になるとそのやり方じゃ到底追い付かない。……けど、あんたは肉食性の寄生植物を巨大樹に植え込むことでその問題を解決してのけた。元の食物連鎖から反転させて、木に動物を食わせることで呪詛《じゅそ》の経路を直結させた。大したもんですよ。呪術における可能性をひとつ開拓した、たぶんそれは間違いない」

　論文の内容を思い返しつつ、お世辞ではない率直な称賛を添える。無闇に相手を貶《けな》すことが目的ではなく、必要なのはあくまでも筋道の通った指摘だ。ここまで相手が黙って耳を傾けている事実から、ガイは自分のやり方が功を奏していることを確信し——その先を口にする。

「けど、それひとつで巨大樹を呪詛《じゅそ》の受け皿に仕立てるのは無理がある。……管理が大変どころじゃない。もう制御なんてろくに出来てないんでしょう？　おれたちがここに落ちてきたのがその証拠だ。……思うに巨大樹の根は二層を土台で支える役目を担《にな》っていて、あんたのやり方は文字通り『根本』からそれを揺るがしちまった。呪詛《じゅそ》でぱんぱんに膨らんだ根がよじれて地盤を掻《か》き回《まわ》すだけに留まらず、そこから漏れ出した呪いが二層の生態系の全てを余さず汚染してる。……無惨《むざん》にも程があるでしょうが。これが失敗でなくて何だっつーんですか」

　目にしてきた光景から導かれる結論をガイがはっきりと告げる。……あるいは、もっと規模を抑えて実践すれば限定的には成功したのかもしれない。だが、それではロンバルディには足りないのだろう。彼が目指したのは呪術における決定的な技術革命であり、呪詛を巡る世界の現状を根本的に覆《くつがえ》したいと願うからこその挑戦だったのだろう。しかしそれは失敗した。彼が用いた方法では悲願の達成に及ばなかった。その事実ばかりは揺るがしようがない。

ロンバルディがこぶしを握り締める。ガイにもその心境は分かる。自分が半生を賭《と》した研究を否定されて聞き流せるわけがない。無意味と知りながら、反論がどうしようもなくロンバルディの口を突いて出る。

「……制御に不手際《ふてぎわ》があったことは認める。けど、それは初動に付き物の不安定さに過ぎない。巨大樹の中で呪詛《じゅそ》の流れを安定させれば落ち着くはずなんだ。……足りない……まだ足りないんだよ！　ここで退《ひ》くのは間違いだ、むしろもっと流し込むべきだ！　現状は術式の走り出しに雑多な呪いを注ぎ過ぎたことによる弊害に過ぎない、必要なのは呪いの方向性を定めることだ！　そうすれば必ず循環が安定域に入るはずだ！　ただそれを君に手伝って欲しいだけなのに――こんな簡単な話をなぜ分かってくれない⁉」

声を震わせ泣き叫ぶようにロンバルディが訴える。ガイが静かに首を横に振る。

「あんたの言ってることはただのいたちごっこで、期待する成果とリスクの釣り合いがまったく取れてなくて、理屈も何もかも滅茶苦茶《めちゃくちゃ》だ。……けど、もうそれに気付けねぇんだな。なんとなく分かるよ。それが『魔に呑《の》まれる』ことなんだって」

憐《あわ》れみを込めてそう告げる。その言葉を聞いたロンバルディが片手で頭を抱える。

「……魔に吞《の》まれる……？　……違う、僕は正気だ……思考が破綻していたりはしないはずだ……僕は……僕は……」

虚《うつ》ろな表情でぶつぶつと呟《つぶや》き出す。もう目の前の相手を見てもいない。言葉が通じる段階が過ぎ去ったことを直感しながら、ガイは背後の仲間へ言い放つ。

「行っていいぞ、おまえら。……こいつが執着してんのはおれだけだ。今ならたぶん素通りさせてもらえるぜ。冗談抜きで、これが生還する最後のチャンスかもしれねぇ」

重い声でそう告げる。同時に、それが何の誇張もない心底からの忠告であると言われた側も悟る。バルテ姉弟が顔を見合わせ、同時ににっと笑った。

「お前ひとりをここに残してか？　……生憎《あいにく》と、そこまで恥知らずではない」

「借りが膨らみ過ぎるのは勘弁だな。つーか勿体《もったい》ねぇだろ、せっかく呪詛《じゅそ》移して元気になったのによ。ひと暴れくらいさせろ」

レリアとギーがそれぞれの杖剣《じょうけん》を抜いて意思を示す。その視線が続けてマックリーを向くと、彼女は腕を組んでふんと鼻を鳴らす。

「……私はひとりで逃げてもいいけどね、別に」

「それを言う前に動いてない時点で虚《むな》しいぞ、マックリー」

「だんだん分かってきた。その性格で損してるタイプだよなお前」

レリアとギーが苦笑気味に言う。それを聞いたマックリーの額にびきりと青筋が浮かぶ。

「……本当にムカつかせるわね。ええ——こうなったら絶対ごめんよ。これ以上でっかい借りを作らされるのも、ここであんたらにおっ死なれてそれが丸ごと返済不能になるのも。……だったらさぁ。もう——こうするしかないでしょうがッ！」

怒りを込めて叫びながら、彼女もまた杖剣《じょうけん》を抜き放つ。彼らの返答を背中で受けたガイがふっと口元を緩める。

「馬鹿だな、おまえら。……おれが好きなタイプの馬鹿だ」

感謝を込めてそう告げた。続けて周囲へ視線を巡らせる。遠巻きに自分たちの周りを飛び交う小動物とゴーレムの姿を確認しながら、自らも杖剣《じょうけん》を構えつつガイが言う。

「偵察に回された使い魔が周りに見える。救助も間違いなくここに向かってるはずだ。……呪詛《じゅそ》はこっちで引き受ける。もらったら迷わずおれに寄れ。代わりに死ぬ気で凌《しの》げよ」

「は。誰に言ってるつもりだグリーンウッド」

「足手まといが長すぎて勘違いさせちまったか？　だったら決闘リーグを思い出して欲しいとこだぜ。呪術はさておき、呪文戦でも魔法剣でも俺たちのほうが相当上手なんだけどな」

バルテ姉弟が不敵に言い返す。そんな彼らをロンバルディの血走った両目が睨《ね》め付《つ》け、同時にマックリーが身構えて叫ぶ。

「それ以上の無駄口は校舎か死んだ後で叩《たた》きなさい。——来るわよ！」

　他方、上級生の目を盗んで溶岩樹形へと飛び込んだカルステ隊の四人。彼もまた洞窟をしばらく進んだところで凶暴化した魔獣の群れと出くわし、今はその追跡から必死に走って逃れていた。

「……ハッ、ハッ……！」「うひゃあ～っ！」

「気配消して、みんな！」

　先頭を走るリタが分岐に来たところで指示を出し、魔獣たちが迫る背後へ呪文の煙幕を展開。意図を察した三人と共に地形の窪《くぼ》みへ身を隠しつつ息を殺す。同時にテレサが呪文で分身を複数作成、それを分かれ道の一方へあえて目立つ形で走らせた。囮《おとり》に食い付いた魔獣たちが四人の進路とは別方向へ駆けていき、遠ざかるその気配に煙の中のディーンが安堵《あんど》の息をつく。

「……撒《ま》いたか、なんとか……」

「うぅー、暗いよぉ、怖いよぉ……。……あ、ちなみにここは入り口から八つ目の分岐を右下に降りてから左上にちょっと上がったところね。先輩方が探った範囲で地図は頭に入ってるから、ひとまずその範疇《はんちゅう》では迷わないよ」

「助かりますピーター。けど怖がるか冷静かどっちかにしてください」

　理解に苦しむ友人の振る舞いへテレサが淡々と突っ込む。と、潜伏中の彼らの頭上をそこで小さな気配が通り過ぎた。洞窟の奥へと消えていくその姿にディーンが眉根を寄せる。

「魔獣も怖ぇけど、先輩方に追い付かれるのもまずいな……。いま飛んでったのも誰かのゴーレムだろ？」

「ピート先輩のかもね。ひとりで物凄《ものすご》い数飛ばしてるからあの人。僕も真似《まね》したいなぁ……今度また話聞きにいかないと」

「社交面でのクソ度胸に磨きがかかってんなお前……。んで、どうすんだよリタ。このまままっすぐ『幹』に下る感じか？」

「……先輩のチームに出くわさない限りはそう。見つかる人にもよると思うけど、半端《はんぱ》なところで上に連れ戻されるのだけは嫌だから」

リタが改めて示した方針に三人も頷《うなず》く。続けて潜んでいた窪《くぼ》みから抜け出し、再び洞窟の奥を目指して走り出す。そのまましばらく洞窟を進んでいった彼らだが、さらに何度目かの分岐を越えたところで新たな魔獣の群れに出くわした。殺意も露《あら》わに自分たちを睨《にら》んでくる獣たちと、四人が杖剣《じょうけん》を手に向き合う。

「……また出やがったな」

「けっこう数いるね。戦う？　それとも逃げる？　うー怖い」

「……下手にすり抜けると前線に敵を送っちゃうかも。迷惑かける前提で来たけど、それはさすがにダメ。もちろん引き返すのも論外」

「選択の余地なしってわけか。まぁ構わねぇぜ、トドメ刺せねぇのがちっとやり辛《づら》いけどな」

腹を決めたディーンが前衛に踏み出し、テレサもまたその隣に並ぶ。ピーターに後衛を指示しつつ、指揮を執るリタが彼我の戦力を推し量る。……敵は呪詛《じゅそ》を帯びた中型の魔獣が六頭。勝てない相手ではないように思うが、殺害による呪詛《じゅそ》伝染を避けるために火力が絞られる点がネックになる。友人たちを守るためにも、場合によっては切り札の使用も視野に入れて、

「――**鞭けよ雷鞭《マグヌス》　打ち据え示せ《トニトゥルス》**」

シビアな思考を攫《さら》って白光が叩《たた》き付《つ》ける。背後から放たれた大威力の電撃が魔獣の群れを一息に呑《の》み込み、ただの一撃で全ての個体を気絶させた。ぎょっとして背後を振り返る四人。重なる視線の先に、長い金髪の女生徒が杖剣《じょうけん》を手に悠然と立っていた。

「なんだ、もう追い付いてしまったか。……何をしている、こんな半端《はんぱ》なところで。『幹』を目指すのではないのか？」

「む、女狐《めぎつね》……」「Ｍｓ《ミズ》．フェリシア……？」

四人が凝視するフェリシアの両脇に、遅れて追い付いてきた従者ふたりが慌てて並ぶ。我に返ったディーンが真っ先に浮かんだ疑問を投げかける。

「い、いや――こっちの台詞《せりふ》だそれ。何来てんだおまえ。退路の確保はどうした？」

「放ってきた。後方に教師まで控えていては、私がいるまでもなく盤石のようだったからな。まぁちょっとした気まぐれの物見遊山《ゆさん》だが――そこに並べ、ふたりとも！」

平然と言ってのけたフェリシアが唐突に鋭く命じる。直立不動でそれに応じた従者ふたりへ、

彼女はじろりと厳しい視線を向ける。

「私を働かせたな。……釈明はあるか？」

「御座いません！」「如何様《いかよう》にも懲罰を！」

従者たちがぎゅっと瞼《まぶた》を閉じて処罰を待ち受ける。フェリシアが頷《うなず》いて両手を上げ、親指で先端を押さえた中指にぎゅっと力を溜《た》める。直後、ふたつの額を強烈なでこぴんが叩《たた》いた。

「「あぁ～～～～～！」」

「これで済ませてやる。私も少々速く走り過ぎたからな」

お仕置きを済ませた主が悶絶《もんぜつ》する従者たちを尻目に歩き出す。目の前を通り抜けていくその姿を思わず見送りかけるリタたちだが、そこでフェリシアのほうが訝《いぶか》しげな横顔を向ける。

「なんだ、付いて来ないのか？　別に来て構わんぞ。私が踏んだ地面に足を着けるのが畏れ多いのは分かるが」

予想外の提案にリタが目を丸くする。そこでディーンが真っ先に言葉を返す。

「いっぺんも考えたことねぇよそんなこと。……まぁ、一緒に行けるならそうするぜ。テレサも喧嘩《けんか》は後にしろ。頭数があって困るこたねぇだろ、リタ」

「う、うん……それはそうなんだけど……」

戸惑いを残しながらも頷《うなず》くリタ。テレサもさすがに反対はせず、お仕置きの痛みから復活した従者ふたりも合わせて、ひとまず両チームで合流して歩き出す。思いがけない道連れが出来たことに困惑と頼もしさを半々で覚えながら、リタは隣を歩く同学年の横顔を目で窺《うかが》う。

「……ひとつ訊《き》いていいかな、Ms《ミズ》・フェリシア。前からずっと気になってて……」

「質問を許そう。何だ？」

「……なんで従者に任せて自分は働かないの？」

「働くのは私の仕事ではないからだ」

即答で返ってきた言葉がリタの常識を根本から揺さぶる。その衝撃が冷めやらぬまま、彼女は反対側を歩く友人へと思わず確認する。

「……ねぇディーン君。これって呆《あき》れかな、感動かな……」

「忘れろ。この世でいちばんどうでもいい疑問だ、それ」

これまた即答でディーンが返す。なるほどと納得し、とリタも迷わずその通りにした。


「……足を止めないまま聞け。いい報《しら》せと悪い報《しら》せだ」

仲間ふたりと共に洞窟の奥へと駆け続けながらピートが言う。その響きに決定的な報告を予想して、カティとシェラが耳を傾ける。

「まず、ガイを見つけた。予想通りに『幹』の部分で、バルテ姉弟とマックリーも一緒だ。まだ誰も大きく負傷している様子はない」

「……！」「ガイ……！　良かった……！」

ふたりの顔に安堵《あんど》と喜びが浮かぶ。が、続くピートの言葉が即座にそれを打ち消す。

「ここからが悪い報《しら》せだ。……魔に呑《の》まれたMr《ミスター》.ロンバルディが同じ場所にいて、たった今四人と戦闘に突入した。戦いが激しすぎてゴーレムも余り寄せられない。けど……ガイの様子が何かおかしい。戦い方がいつものアイツと別物で――ボクの目には、強烈な呪詛《じゅそ》を帯びてるように見える」

カティとシェラが息を呑《の》んで顔を見合わせる。状況が深刻なことは分かるが、それ以外は受け止め方を判じかねる情報だった。呪詛《じゅそ》を受けて弱っているなら話は分かる。だが、戦い方が別物になっているとはどういうことか。呪いは一朝一夕で逆手に取れるようなものではない。なら、ガイのほうに自分たちが把握していない手札の持ち合わせがあったのだろうか？

「次が最後のひとつ。……三年生チームが洞窟に入ってきてる。カルステ隊もフェリシア隊も両方だ。周りに上級生の付き添いはない。たぶん独断で突っ込んで来てるなこいつら」

ゴーレムの視界のひとつでその姿を眺めながら、苦々しい面持ちでピートが言う。それもまた彼らにとっては見過ごせない情報だった。実力を買っての特別枠とはいえ、これほど危険な場所に三年生だけのチームを放置は出来ない。カティ、シェラとその思いを共有したピートがすぐさま口を開く。

「心配するな、手は回す。……位置的にはアンドリューズ隊が近いな。前線の状況を考えるとのんびり上へ連れ戻してる余裕はない。――おい！　止まれ、そこの七人！」

出し抜けにピートが上げた大声にカティとシェラが瞠目《どうもく》する。が、すぐさま意図に気付いた。偵察ゴーレムを通して三年生チームに呼びかけているのだ。そんな機能まで付いているとは彼女らですら知らなかったが。

「え――ピート先輩⁉」

「嘘《うそ》だろ⁉　会話出来んのかよこれ！」

「やらかしたなオマエら。お仕置きは後でたっぷりするとして、まず確認するぞ。目的は何だ？」

ゴーレムの視界で仰天して足を止める後輩たちへピートが問いかける。それを受けてひとりの少女が仲間たちの中から毅然《きぜん》と前に出た。ピートにとっても馴染《なじ》みの深い後輩、リタ＝アップルトンだ。

「――グリーンウッド先輩のところへ行きます。理由は、わたしの我儘《わがまま》です」

きっぱりと告げられた彼女の言葉に、それが軽はずみな暴走ではなく思い詰めての行動であることをピートは悟った。通り一遍の説得は軒並み意味を成さないだろう。そう踏まえた上で、ピートはもう一組の三年生チームへと注意を移す。

「……フェリシア隊。オマエらは？」

「単純な興味です。あと上がつまらなかったので」

リーダーのフェリシア＝エチェバルリアが即答で応じる。少しも悪びれないその態度にピートがため息をついた。リタとはまた違った意味で、こちらも何を言っても耳を貸しそうにない。

「――なるほど、分かった。……次の分岐を左に折れろ。その先でアンドリューズ隊と合流してもらう」

「……上に連れ戻しますか？　だったら……」

「黙れ。そこの深さを考えたらそんな悠長やってる暇はない。もう何と言おうとオマエらも捜索に加わってもらう。ガイのところには望み通り連れてってやるから、代わりに死ぬ気でアンドリューズ隊に喰《く》らい付け。こっちからは以上だ。何か質問は？」

最短で決断と指示を済ませたピートの声に、どれほど怒られるかと覚悟していたリタがぽかんと立ち尽くす。テレサが隣から肘でその脇腹をつつき、彼女はそこで慌てて頷《うなず》いた。

「……あ、ありません。……その、ありがとうございます。レストン先輩」

「感謝する場面じゃない。……この状況での指示違反は罰が重いぞ。せいぜい覚悟しとけ」

最後に脅《おど》かしをひとつ挟んで通話を打ち切る。カティとシェラには向こうの反応までは聞こえていないので、そこは走り続けながらピートがかいつまんで説明した。リタの心境を察したシェラが憂いげにため息をつく。

「……責められませんわね。昔の自分たちを思い返すと……」

「甘やかすな。それは私情で、後輩への指導はまた別だ。ボクはキッチリ説教するぞ」

ピートが厳しく言ってのける。それから横目でもうひとりの仲間を見やり、複雑な思いを抱えたその横顔へと焚《た》き付《つ》ける。

「オマエもぼやぼやするな、カティ。……後輩に先を越されたいか？」

「――っ！」

言われたカティが口元を引き結んで足を速める。そんな結果に甘んじられるわけがない。誰よりも自分がいちばんガイに頼ってきたのだからと、彼女は友人への想《おも》いをいっそう強めた。

「――**雷光疾りて**《トニトゥルス》**！**」「**火炎盛りて**《フランマ》**！**」「**火炎盛りて**《フランマ》**！**」

大空洞に詠唱が響き渡る。魔に呑《の》まれた六年生を相手に始まった四人の戦いは、全力の抵抗の中でその激しさを今なお増していた。

「**曲がりて伸びよ**《プロゴロッシオ》**！**」

攻撃に伸びてきた敵の呪根をガイの呪文が曲げて逸《そ》らす。同じ親由来の呪詛《じゅそ》で動き回る魔法植物には彼の側からも干渉しやすい。それを踏まえた防衛に徹する後輩たちとやり合う間に、ロンバルディはいくらか落ち着きを取り戻して口を開く。

「――はは――なるほど、優秀だ。呪詛《じゅそ》の扱いの肝を早々に摑《つか》んでいる。無理やり押さえ付けて命じるのではなく、まず大らかに受け入れて……それから最低限の誘導で動かす。さながら後輩の呪術の手腕をそう評する。大空洞の天井から生えた巨大樹のいくつもの呪根、それらと繋《つな》がる宙吊《ちゅうづ》りのロンバルディ。その本体にほど近い位置の足場から、ガイの仕込んだ呪花が種の弾丸を撃ち出した。「幹」に設けられた足場は全てが魔法植物から成るものであり、ガイはそれに寄生させる形で自らの植物を生やしている。臨機応変のその手際《てぎわ》にロンバルディが感嘆する。

「……魔法植物を介する運用まで僕と一緒とはね。まったく親しみ深いな、君は。だんだん本当の弟のように思えてきた」

「笑えねぇ冗談っすねそりゃ。――**曲がりて伸びよ**《ブロゴロッシオ》**！**」

言葉に応じつつガイがけしかけられた呪根を曲げ逸《そ》らす。その抵抗に微笑《ほほえ》ましさすら浮かべて、ロンバルディが首を横に振る。

「何も冗談じゃないさ。ここまでタイプが同じ魔法使いに出会うことは稀《まれ》だ、親しみを覚えるなというほうが難しい。まして同じ学校で学ぶ後輩がそうなのだから。

……けれど、だからこそ分かる。――今の君では、僕に決して勝てないことも」

重い言葉と共に枝分かれする呪根。細く引き締まったそれらが飛躍的に速度を増し、あるものは鋭い槍《やり》、あるものは硬い鞭《むち》となって獲物を襲う。杖剣《じょうけん》での対処が間に合わなかった一本が横っ腹を打ち据え、衝撃に吹き飛ばされたガイの体が大空洞の宙を舞った。

「……ッ、吹き押せ突風《インペトウス》！」

とっさに唱えた風の呪文の反動で体を押し、ガイが辛《かろ》うじて一段下の足場へと転がり込む。落下こそ避けたものの腹を打たれた衝撃で立つこともままならない。その窮地を見て取った他の三人がすぐさま動いた。

「グリーンウッド！」「我々がカバーに回る！　マックリー！」

「ったく、世話の焼ける……！」

バルテ姉弟が敵の押さえを受け持ち、その間にマックリーが足場を下ってガイのもとへと走る。新たに正面に立ったふたりの後輩にロンバルディが鬱陶しげな目を向ける。

「……煩わしい。邪魔しないでくれないか？　せっかくの弟との語らいを……」

「おいおい、つれねぇな。こっちにも構ってくれよ先輩」

「まったくだ。露骨なえこ贔屓《ひいき》は感心せん――！」

挑発を経て左右に展開、角度を違えての呪文で敵を攻め立て始めた。一方で呪根の処理、もう一方で使役者への攻撃を受け持ちながら、状況に応じてその役割を速やかに切り替える。巧みに過ぎるその連携にロンバルディが眉根を寄せた。

「……気味が悪いほど息を合わせるね、君たちは。そちらも姉弟なのは見れば分かる。けど、これは組んで戦うのに慣れてるなんてレベルじゃない……」

ふたりの攻撃を受け止めながら男が呟《つぶや》く。その分析がやがて答えに行き着く。

「……ああ、なるほど。頭を直接繋《つな》げてるのか。かなりの幼少期——下手をすると出生前からそのための調整を受けてるようだね。……なんとも痛ましい……けど……」

「**火炎盛りて**《フランマ》！　——ッ⁉」

敵へ向かって呪文を唱えた直後のギー、その足元から黒い蔦《つた》が生え伸びて絡《から》み付《つ》く。戦いの間に自切させた呪根の欠片《かけら》を種に代えて仕込んだものだ。気付いたギーがすぐさま斬り払おうとするが、頭上から襲ってくる新手の呪根が彼にそれを許さない。

「耐えろ、ギー！」

窮地に立たされた弟へ足場を回ってレリアが駆け寄る。ロンバルディはあえて彼女を止めず、合流させると同時にふたりを包み込む形で呪根をけしかけた。彼にとって厄介だったのは異なる角度からの連携攻撃であり、獲物を一か所に固定してしまえばもはや何の脅威もない。

「……ッ——」「ぐ……！」

「……取り繕っても分かるよ。君たちの戦い方には致命的な空白がある。大きな要を欠いているんだろう？　……残念だね。そんな半端《はんぱ》な状態で相手が務まるほど、キンバリーの六年生は甘くない」

呪文での対処が数秒で限界を迎え、それを抜けてきた呪根がふたりに巻き付いて壁へ磔《はりつけ》にする。が——そこに下から割って入った炎が、姉弟へと伸びる呪根の大元を焼き切った。

「……放せよ先輩。おれのツレに手ぇ出すな……！」

「……ほう……？」

早くも復帰してきたガイにロンバルディが驚く。マックリーと合わせての攻撃で相手を牽制《けんせい》しながらバルテ姉弟へ走り寄り、辛《かろ》うじて自力で根を振り払っていたふたりの肩へと迷わず手を置く。彼らが今の攻撃で受けた呪詛《じゅそ》を、そこから引き取る。

「——はッ……！　……はッ……はッ……！」

「……あんた……」

青ざめた顔で荒い呼吸を繰り返すガイをマックリーが険しい表情で見つめる。この戦いの中ですでに三度同じ対処を繰り返し、呪いを抱える彼の負担は増す一方だった。その様子を眺めたロンバルディが窘《たしな》めるように言う。

「……無理はやめたまえ、Mr《ミスター》・グリーンウッド。呪者になって間もない君がいきなり大量の呪いを抱え込むのは無謀だ。僕をどうこうする前に、そのままでは制御を失って君のほうが呑《の》まれてしまうよ？」

「……なんてこた、ねぇすよ。大雑把さと頑丈さが取り柄なんでね、おれは……」

気丈に笑ってみせながらガイが杖剣《じょうけん》を構え直し、バルテ姉弟とマックリーもそこに並んで衰えぬ戦意を示す。粘り続ける後輩たちの姿にロンバルディがため息をつく。

「そのしぶとさも君の美点と認めるよ。……けど、無駄に苦しませる気はない」

静かな宣告と共に、四人の背後の壁を突き破って呪根が飛び出す。大空洞の遥《はる》か上から壁の中を通して伸ばしたものだ。愕然《がくぜん》と振り向いてその対処に回るガイたち。必然、正面で向き合っていたロンバルディには背中を向けざるを得ず、

「これで終わりにしよう。――雷光疾りて《トニトゥルス》」

慈悲すら宿した電撃がそこへ襲い掛かる。呪根を焼き払うので手一杯の四人には誰ひとり対処が追い付かない。畜生――心中でそう叫んだガイの背後で。頭上から飛び降りてきたひとつの影が、空中でぐるりと旋転して電撃を「切り流し」た。

「――――え？」

どうにか呪根を処理して振り向いたガイが、目の前に立つ背中を見つめてぽかんと立ち尽くす。マックリーも同じ表情でその姿を眺め、バルテ姉弟の瞳がさらに大きな感情に揺れる。

「……あ……」「……ヴァロワ、様……？」

彼らの主がそこにいる。全力疾走の直後で息を荒げながら、それでも四人を仕留めるはずだった電撃を呪詛《じゅそ》もろともクーツの妙技で横へ逸《そ》らし。魔に呑《の》まれた六年生と正面から向き合って、計り知れない感情に肩を震わせたユルシュル＝ヴァロワがそこにある。

「……うな……」

その口が、想《おも》いを紡《つむ》ぐ。従者のもとへ彼女を駆り立てた感情。ずっと抱くことさえ恐れて目を逸《そ》らし続けてきたそれを、ヴァロワは初めて己の願いとして声に出す。

「――これ以上～！　私から～～!!　何も奪うな～～～！！！」

魂からの咆哮《ほうこう》が大空洞の全てをびりびりと震わせる。それを耳にしたバルテ姉弟の目に涙が滲《にじ》む。主が助けに来てくれたからではない。自分たちは彼女に必要とされているのだと、その姿が何よりも明白に訴えていたから。

「――確《しか》と聞き届けてござる。ヴァロワ殿」

一拍置いて別の声が降ってくる。聞き覚えのあるそれに肩の力をふっと抜いて、ガイは背後の斜め上へと微笑《ほほえ》みを向ける。

「……やっと来やがったか。遅ぇよ、ったく」

「まことに相すまぬ、ガイ」「ああ。ずいぶん気を揉《も》ませてしまったようだ」

ナナオとオリバーがそこにいた。「幹」の直前で出くわした魔獣との戦闘の名残で、ふたり揃《そろ》って頰を上気させた姿で。敵の制圧を待たずヴァロワを先行させた判断には連携の精度を始めとしていくつか理由があったが、同時にシンプルな信頼もあった。彼女ならば委ねるに足る。ふたりにそう思わせるだけの姿を、ここまでの共闘でヴァロワは無自覚のまま示していたから。

追って「幹」の全周から続々と足音が響く。ホーン隊が通ってきたそれとはまた別の「枝」の出口から、ガイにとって馴染《なじ》みの顔ばかりが息を切らして現れる。

「どうにか間に合いましたわね……！」「ガイ！　もう大丈夫だよ、みんな来たからね！」

「見たとこ五体満足か。呪詛《じゅそ》のほうは後で問い詰めるとして、まぁ上出来だ」

カティとシェラ、そしてピートが安堵《あんど》を顔に浮かべて声を上げる。新たな六人の到来を受けて、ロンバルディが鋭い視線を彼らに一巡させた。

「……君たちは……」

「四年のオリバー＝ホーンです。状況が状況ですので、これ以上の挨拶は省いて本題に入らせて頂きましょう。……終わりですMr《ミスター》.ロンバルディ。あなたはもう、詰んでいる」

その宣告に重なって、大空洞に数ある「枝」の出口から四年生たちが一斉に姿を現す。溶岩樹形内で要救助者の捜索に回ったチームのおおよそがそこにいた。無数の鋭い視線に射抜かれたロンバルディが微笑《ほほえ》みを浮かべてそれらを見返す。

「……これはこれは。千客万来だね、後輩たち」

「ほどなく上級生も到着します。あなたが溶岩樹形の下へ降りたことで予定を狂わされましたが、結果は何も変わりません。……まだ手遅れでないのなら、巨大樹と二層の汚染を打ち切って速やかに投降してください。さもなければ――ここであなたを討たねばならない」

杖剣《じょうけん》の切っ先を相手に向け、場の全員を代表してオリバーがロンバルディへ最後通告を告げる。多勢に無勢のこの状況。いかに手練《てだ》れの六年生とて、正常な思考の持ち合わせがあれば答えに否はない。が――それはあくまで魔に呑《の》まれていない者の道理。オリバーに視線を戻して、ロンバルディは不思議なことでも言われたかのように首をかしげる。

「要求は分かったけど、理解に苦しむな。僕のどこが詰んでいると？　……わざわざ集まってくれてむしろ好都合なくらいだ。君たち全員を呪詛《じゅそ》で絡《から》め取って手駒に仕立てれば戦力に事欠かない。ましてここは僕の工房だ。上級生が来たところで追い払うくらいは――」

「それがすでに間違いですMr《ミスター》.ロンバルディ。……この場所はもう、あなたの領域ではない」

無意味を半ば悟りながらもオリバーが声を重ねる。その瞬間、目を見開いたロンバルディが弾《はじ》かれたように大空洞の天井を仰ぎ見た。看過できない何かがその向こう側で起こったことを察したように。


同刻、二層地上。呪詛《じゅそ》汚染の枢軸である巨大樹――その内部の根元に近い場所。

「……流れて巡れ《インペトウス》――」

樹木の中心まで穿《うが》たれた洞の中、錬金術の担当教師であるテッド＝ウィリアムズが額に汗を浮かべて詠唱を続ける。その傍《かたわ》らの床には巨大な注射針が差し込まれ、針の反対側から繋《つな》がる太い管が洞の出口まで延々と延びている。同じ管を通して青緑色の液体が巨大樹へと大量に流れ込み、テッドの呪文はその循環を促進させるもの。別地点で同様の作業を二度繰り返した上での三か所目で、彼はようやく仕事を完遂して杖《つえ》を下ろした。

「……はぁ。終わりました、どうにか」

「お疲れさま、テッくん」「首尾よくいったみてぇだな、その様子だと」

後ろで作業を見守っていた司書のイスコ、箒術《ほうき》担当のダスティンが同僚へ労《ねぎら》いの言葉をかける。そちらに振り向いたテッドが微笑《ほほえ》みを浮かべてみせる。

「ええ、三か所から打ち込んだ魔法薬で巨大樹を固めました。僕は錬金術師なので呪詛《じゅそ》には手を付けず、あくまでも生体としての樹木を薬剤によって硬直させた形です。……モノの大きさが大きさなので、さすがに量は要りましたがね。ダヴィド先生がストックを回してくれたのも非常に助かりましたし――何よりもあなたがいてくれて良かった、ゼルマ先生」

そう言って視線を移し、同じ洞の反対側で床に手を突いている新任教師のゼルマ＝ヴァールブルクへと声をかける。今なお集中して巨大樹が蓄えた呪詛《じゅそ》を引き取りながら、ゼルマが目を閉じたまま言葉を返す。

「――気にするな。バルディアの直弟子の不始末なら代行の私が拭うのは当然だ。……それにしても大した呪詛《じゅそ》の量だな、これは。手に余るとは言わんが、さすがに一度には引き取れんぞ」

眉根を寄せてゼルマが言う。それは元より承知済みだったテッドが頷《うなず》く。

「巨大樹の受容能の範囲内で残る分にはひとまず問題ありません。薬剤の効果は根にも及んでいますので、二層の地盤がこれ以上乱されることもない。元の状態に戻すにはまた手間が掛かりますが、それには事態が収まってからじっくり取り組みましょう。……ともあれ、教師の仕事は一旦ここまで。この先は捜索に向かった生徒たちの結果を待ちます。あなたもそれで構いませんか、Mr.《ミスター》リヴァーモア」

説明を終えたテッドが再び視線を移し、やや離れた立ち位置から作業を見守っていた同僚へと最後に確認する。それを受けたリヴァーモアが恭《うやうや》しく黙礼する。

「眼《め》を瞠《みは》る手際《てぎわ》でした。……迅速な対応に敬服します、ウィリアムズ教員」

「けーふくすル！　けーふくすル！」

首元に巻き付いたウーファが賑《にぎ》やかに囃《はや》し立《た》てる。それを見て微笑《ほほえ》むテッドの前で、ふとリヴァーモアが伏せていた目を上げる。

「が。この件とは別に、ひとつ気になることが。――〈大賢者〉は、今どこに？」


「――……………」

天井をじっと見上げたまま硬い面持ちで沈黙するロンバルディ。その姿から相手の理解を察して、オリバーが静かに言葉を重ねた。

「気付かれたようですね。そう、すでにテッド先生の処置によって巨大樹は八割がた硬直しています。……生徒数人の被害だけならいざ知らず、キンバリーの所有である迷宮そのものの大規模な毀損が危ぶまれる状況では、さすがの教師たちも重い腰を上げざるを得ない。端的に言えばやり過ぎました、あなたは。単独でここまでやってのけたことが驚異的とも言えますが」

非難にひと匙《さじ》の称賛を添えたオリバーの指摘。それはもはや耳に入らぬまま、憤慨に顔を歪《ゆが》めたロンバルディがぎり、と奥歯を噛《か》みしめる。

「……先生方まで敵に回って……。……なぜだ……なぜ邪魔をする……？ ……違うだろう、あなたたちこそ率先して僕に協力すべきだろう！ 一体いつまであの人に呪いを背負い込ませるつもりなんだ！ 世界の負債の数割をたったひとりの呪者に押し付けて、どうしてあなたたちは平然としていられる⁉ なぜ取り澄ました顔でしゃあしゃあと息を繋《つな》げる……！」

積もりに積もった感情がロンバルディの口から溢《あふ》れ出《だ》す。もはや特定の誰かへ向けたものですらないその怨嗟《えんさ》に、しかしオリバーは奇妙な同情を覚えて唇を噛《か》む。この人にも悲願があったのだと思い知る。魔に呑《の》まれるまでついに止まれなかった程に、それは狂おしく切実な。

「僕には出来ない！ ただの一秒だって無為でなどいられるものか！ この瞼《まぶた》の下に師の面影がある限り――！」

胸に留《とど》めきれない激情と共に魔力が爆発する。天井から生え伸びる呪根が飛躍的に数を増して四年生たちの頭上を覆い尽くす。予想通りの展開にオリバーが目を細めた。――ロンバルディがこれまで操っていたのは巨大樹の根だ。地上付近のそれらはテッドの処理によって硬直したが、溶岩樹形ほどの深い場所にある根にまでは効果が及んでいない。よってロンバルディは今なお自分の影響下にあるそれらに残る全力を注いで抵抗する。そうするしかない。勝ち目があるかどうかはもはや念頭にない。他の全てを省みずに営み始めた術式の完遂を目指す――それが魔に呑《の》まれた者の思考だからだ。

願いに呪われた男を痛ましく見上げ、ナナオが刀を静かに脇へ構える。そして彼女は求める。隣に立つ戦友に、戦いの火蓋を切る最後の合図を。

「――オリバー、もはや」

「ああ、潮時だ。……理解しましたMr《ミスター》.ロンバルディ。あなたはもう止まれないのだと。であれば――相手を務めましょう。先輩方の到着まで、我々四年生が――！」

その声を開戦の狼煙《のろし》に代えて全ての生徒が一斉に動き出す。最初の一手を撃ち込もうとしたオリバーたちの頭上で、上の「枝」から抜けてきたチームが先行しながら声を上げる。

「――貰《もら》うわ、先陣。先に引っ叩《ぱた》いた分があるからね」

「まず俺が足で攪乱《かくらん》する。先走るなよオーデッツ」

「フフフ馬鹿を抜かしなさい番犬。この私が来たからには即日速攻即決着、最短推移の最高速度で最低千発は呪文を叩《たた》き込むに決まっています！」

側面の足場を駆けながらコーンウォリス隊の三人が言葉を交わす。従来のステイシー、フェイに同じ四年の女生徒イヴリン＝オーデッツを加えた新たな編成だ。それを見たオリバーが目を丸くする。呪文の早撃ちと連射を得意とするオーデッツだが、その技術への拘《こだわ》りが強すぎて組んで戦うにはハードルが高い。ずいぶん癖の強い相手を抜擢《ばってき》したものだと少々心配したところで、そんな彼らの反対側からまた別チームが飛び出してくる。

「遡っての言葉はひとまず取り消しましょう、Ms《ミズ》・ヴァロワ。……この先は努々《ゆめゆめ》、従者の扱いを軽んじること無きように」

「あはは！　ミンが照れてる！」「そんなミンもかわいー！」

賑《にぎ》やかな声が戦場に響く。ふたりの従者を率いたジャスミン＝エイムズ率いるエイムズ隊が先陣に加わっていた。彼女もまたここへの突入前にヴァロワへ厳しい言葉を投げかけていたので、現場への到着が遅れたことには少々の負い目があるのだろう。ヴァロワ自身はバルテ姉弟の治癒に集中しており、そちらには軽い一瞥《いちべつ》を向けたのみだったが。

それぞれの流儀に則《のっと》って迷わず戦闘へ突入していく同学年たち。そんな彼らの姿を見上げながら、オリバーの隣へ踏み出したガイが苦笑を浮かべる。

「……頼もしくて参るぜ。決闘リーグの同窓会だな、まるで……」

「――呪詛《じゅそ》を呑《の》んだんだな？　ガイ」

大きく印象を変えた友人の姿にオリバーが問いかける。その視線に少々の気まずさを感じながら、ガイが頷《うなず》く。

「……ああ、バルディア先生からの預かりもんをちょっとな。どうも敵さんとお揃《そろ》いらしいぜ。自分じゃ分かんねぇけど見た目もだいぶ変わってんのか？　まぁ心配すんな、大したこたねぇよ……」

「……ばか。そんなわけ、ない……！」

アールト隊の三人も参戦前にガイのもとへ駆け付けた。変わった姿でなおも軽口を叩《たた》く彼をカティが涙目で睨《にら》み、ガイが思わずその頭へ手を伸ばしかけ――危うく直前で引っ込める。今の自分にはそれが許されないと思い出して、やりきれない辛《つら》さがその顔に浮かぶ。

「……ああ、くそ。やっぱしんどいな。頭ひとつ撫《な》でてやれねぇのは……」

情けない愚痴が口を突いて出る。呪詛《じゅそ》を呑《の》んで生き残ると決めた時、それもまた覚悟したはずだと自分へ言い聞かせる。同時に首を折る勢いでカティから視線を振り切り、ガイはそれを上空のロンバルディへと向ける。

「さっさと終わらせてぇところだが、まだ仕事が残っててよ。妙なところに縁が出来ちまった。……トドメは任せてくれねぇか、おれに」

「――ガイ。それは」「ダメ！　そんなことしたら――」

深刻な意味を持つ提案に仲間たちが一斉に顔を強張《こわば》らせる。軽い頷《うなず》きでそれに返して、ガイは淡々と言葉を続ける。

「分かってるよ。呪詛《じゅそ》を受けることになるってんだろ？　けど、そりゃ誰が仕留めても同じだ。その結果にビビッて戦いを長引かせるのだけは良くねぇ。そんな引け腰じゃ、先輩方が来る前に何人か死にかねねぇ……」

その指摘にオリバーが苦い面持ちになる。――ガイの言葉は正しい。数の上でこそ圧倒的に有利な状況だが、魔に呑《の》まれた相手と向き合う時にそんな常識は通用しない。影響力を減じてはいても今なおここはロンバルディの工房であり、切り札のひとつやふたつは隠し持っていて当然と考えるべきだ。最悪のケースではこの大空洞そのものを崩壊させてくる事態すら考えられる。である以上、上級生の到着を待って戦いを長引かせる行為はそれ自体が大きなリスクを孕《はら》む。

「……やらせてくれよ。同じ親から分けられた呪いなんだ。なら――兄の分は、弟が引き取ってやんねぇとな」

ガイが重ねて求める。覚悟だけではなく、奇妙な親しみをそこに滲《にじ》ませて。その表情がオリバーの選択を最後に後押しする。……本当に無理な仕事なら友人も最初から言い出しはしない。呪詛《じゅそ》の許容量にまだまだ余裕がある、呪者としてそう自覚するからこその提案なのだろう。

何より、彼自身がロンバルディを「迎え」たいと願っている。これまでに本人と直接向き合い、おそらくは少なからぬ言葉と杖《つえ》を交わした上で、その役割の所在を己に確信している。……軽んじることは出来ない。魔法使いなら決してそれを疎《おろそ》かには出来ない。故に――後始末の全てを受け持つと決めた上で、オリバーは頷《うなず》いた。

「……分かった。あの人の呪詛《じゅそ》が移るとしても、巨大樹に蓄えた分まで一度に流れ込むわけじゃない。呪術的な兄弟関係も制御に一役買うだろう。呪者の先輩が到着するまでの一時的な受け皿なら……」

「ま、待って！　無理だったらどうするの⁉　ガイが限界を超えちゃったら……！」

「その時は俺たちがいる。……意味は分かるだろう？　カティ」

覚悟の共有を求めてオリバーが言葉を投げる。それを聞いたカティがぐっと息を呑《の》んで頷《うなず》き、ナナオとシェラとピートもまた速やかに心を決めて頷《うなず》き合う。全員の意志がそこで固まった。

ガイだけに委ねはしない。必要とあらば、同じものを自分たち全員で受け止めるのだと。

仲間の合意を得たガイが自ら前衛に立つ。普段ならそこはナナオやオリバー、シェラの立ち位置。だが今は胸を張って自分が加われる。その事実に、時ならぬ喜びが口を突いて出る。

「……ああ、嬉《うれ》しいな。やっと肩並べて戦えるぜ、おまえらと――」


それぞれの技能を駆使して戦闘に突入する四年生たち。目の眩《くら》むようなその光景を、やや遅れて辿《たど》り着《つ》いた「枝」の出口のひとつから、三年生チームの面々もまた呆然《ぼうぜん》と眺めていた。

「――っ――」「うわぁ、とんでもないとこ来ちゃった」

「……すげぇ。これが四年トップ層の実戦かよ……」

すでに煮詰まった状況を前にリタが言葉を失う。場違いを自覚したピーターがそれを率直に呟《つぶや》き、隣に立つディーンもまた、自分のいる領域から遠くかけ離れた先輩たちの戦いぶりに目を釘付《くぎづ》けにされている。テレサですらそこに水は差さなかった。隠形としての本分を明かせない以上、指をくわえて見ているしかない立場は彼らと一緒だ。ここまで同行したアンドリューズ隊にも厳しく待機を命じられており、それすら無視するようでは殺されても文句は言えない。

「……割り込む余地はありません。残念ですが、リタ――」

「ふふふ。堪《たま》らんな」

彼女の声に被《かぶ》さって上機嫌な声が響く。四人がそちらへ目を向けると、ふたりの従者を両脇に侍《はべ》らせたフェリシアが、あろうことか器化植物《ツールプラント》によって肘掛け付きの立派な椅子を拵《こしら》え、それに身を預けながら戦いを眺めていた。リタが思わず自分の目を疑ってこすり、相手の性格に慣れたディーンですら大口を開けて絶句する。眺めるしかない立場は一緒なのに、それを受け入れる姿勢が天と地ほども違う。

「……いや、おまえ。何を堂々とでっけぇ椅子に腰かけて……」

「そうしない理由があるか？　せっかく特等席まで出向いたのだ、目を皿にして観戦に徹する以外にやることなどあるまいよ。……ああ、まったく辛抱堪《たま》らんな。どこに目を向けてもため息が出る程の粒揃《つぶぞろ》いだ。下腹がずくずくと疼《うず》いて鳴り止《や》まん。この手で片っ端から首輪を嵌《は》めてやりたい……」

空中に伸ばした両手をわきわきと蠢《うごめ》かせながらフェリシアが囁《ささや》く。きっとイメージの中で言った通りにしているのだろうとディーンたちも理解して呆《あき》れる。束《つか》の間《ま》そちらに引っ張られた意識をリタが最初に戦場へと戻す。ガイの無事はここに辿《たど》り着《つ》いて真っ先に確認している。その彼が今なお最前線で戦っていることも。

「……正直、出番はもう無いと思う。けどみんな油断しないで。たぶん先輩たちも――まだ、勝ったとは思ってない」

「――ははっ、エエな！　ボク向きの地形やん！」

「平らな床よりこちらが好みか。もはやサーカスに片足を突っ込んでいるな貴様」

「**吹き荒べ烈風《フォルティス》　切り裂き千切れ《インペトゥス》**！」

不安定な樹木の足場をアンドリューズ隊の三人が駆け抜ける。次々と上から生え伸びてくる呪根を呪文で薙《な》ぎ払《はら》い、杖剣《じょうけん》で斬り落とし、時にはそれすら足場にして縦横無尽に立ち回り続ける。地形に合わせて堅実に立ち回るアンドリューズとオルブライトはもとより、軽業を身上にするロッシはまさに水を得た魚だった。彼ひとりを追うために費やされる呪根の数はもはや十や二十では利《き》かない。

「それは外れだァ。それもそれもそれもぜーんぶ外れだァ。ハハッ、生憎《あいにく》だなァ！」

「死ぬほど嬉《うれ》しそうだなミストラル」

「ちゃんと騙《だま》せる相手が久しぶりなんでしょ。まぁこれ数で押してるからなんだけどね」

分身での撹乱《かくらん》を軸としてミストラル隊の面々が敵の混乱を促す。操る呪根の本数に対して使役者の「目」が少ない現状は彼らにとって願ってもない。たったひとりを騙《だま》せばそれだけで多数の攻撃を無駄撃ちさせられるのだから。そうして彼らが注意を引いた分だけ他チームが攻撃に回れる。

「——大枝一本削《そ》いだ。トマス、あんたもっと当てて」

「はいはい下手ですよどうせ。まだるっこしいなー、もう本体狙っちゃダメか？」

「呪死に憧れがあるなら好きにしろ。そうなっても我々は置いて帰るがな」

長射程を活《い》かしたリーベルト隊の呪文狙撃が呪根を大元から断ち切る。並行してユルゲン＝リーベルトの古式ゴーレム術が壁面に確かな足場を確保し、彼らが狙撃ポイントを移すたびに増えていくそれらは他チームの立ち回りにおいても頼もしい足掛かりとなる。ロンバルディ本人を狙いづらいのはカミラとトマスの両狙撃手にとって枷《かせ》だが、それを踏まえて支援射撃に徹する分にも彼らの技量は申し分ない。カミラの狙撃に至っては麻痺《まひ》と硬直の呪文で何度か敵本体を捉えてすらおり、巨大樹との接続の影響でそれらが効かないこともすでに確認済みだ。

「**斬り断て**《ぐらでぃお》　**刃よ！**《ふぇるーむ》」

学友たちの活躍を視界に収めながら、ナナオが負けじと呪文居合の大鉈《おおなた》を振るう。呪根をいくら斬ったところで呪いは移らず、よってここに辿《たど》り着《つ》くまでのやり辛《づら》さは彼女にもはやない。その一閃《いっせん》で斬り捨てる呪根の数は全ての生徒の中でも一躍群を抜いていた。その働きの端的な証左に、ナナオが立つ場所より下にはただの一度も呪根の攻撃が届いていない。

「——ァァアアアアアアアア！！！」

後輩たちの手強《てごわ》さが予想の比ではない。半ば思考を失った頭でなおそれを実感しロンバルディが、もはやなりふり構わぬ全力で呪詛《じゅそ》を駆り立てる。天井付近のみならず大空洞の壁のあちこちから呪根が生え出し、その様子を見て取ったオリバーが好機の到来を感じ取る。ここまで力を振り絞るからには直後に必ず虚脱の間が生じる。その瞬間こそ彼らが決着を狙うタイミングに他ならない。

「……この時を待っていた。ナナオ！　ヴァロワ！」

「承知！」

「命令しないで～！」

ホーン隊の三人が箒《ほうき》を駆って大空洞を上昇する。迫り来る呪根を螺旋《らせん》の軌道で躱《かわ》して上へ、上へ、さらに上へ。もちろん飛行の腕前だけで躱《かわ》し切れる密度ではない。回避が間に合わない分は他からの援護が補う。

「**火炎盛りて**《フランマ》**！**」「**火炎盛りて**《フランマ》**！**」

「**火炎盛りて**《フランマ》**！**」

レリア、ギー、マックリーの三人がそれぞれの位置から呪文を放つ。他の生徒たちも彼らに詠唱を合わせ、空中のホーン隊に迫る呪根を片っ端から焼き切って落とす。力強い追い風を受けて舞い上がったナナオたちの高度が呪根に覆われたロンバルディの位置へと達する。

「**斬り断て**《ぐらでぃお》**！**」

「火炎盛《フランマ》りて！」「火炎盛《フランマ》りて！」

ナナオの一閃《いっせん》がロンバルディの直上へと深く斬り込み、その場所を合わせて狙ったオリバーとヴァロワの炎が追い打ちで呪根を焼き焦がす。支えの大半を失ったロンバルディの体がぶらりと空中に下がり、同時にそこを狙ったカミラとトマスの狙撃が呪根の残りを完全に断ち切った。抗《あらが》いようなく落下を始めるロンバルディの体を、そこで大空洞の二か所から放たれた魔法が捉える。シェラの硬直呪文、そしてカティの浮遊呪文である。

「固めましたわ！」「今だよ、ガイ！」

敵を空中の一点に釘付《くぎづ》けにしながらふたりが叫ぶ。拘束は数秒ももたない。が、今はそれで足りる。この展開を見越して上に待機していたガイが、制御を奪った呪根の一本を伝って滑り降りて来ているから。

「――あ――」

摑《つか》んでいた根の尖端《せんたん》を手放したガイが空中に身を躍らせる。代わって両手で杖剣《じょうけん》の柄を握り締め、呪根の残骸に包まれて浮かぶロンバルディの上に着地。間近で目が合う。いつか自分が辿《たど》るかもしれない末路をその中に見る。短い間に多くを学ばせてもらったと感じる。だから、

「じゃあな。兄貴」

躊躇《ためら》うことなく刃を心臓に突き入れる。初めて人を殺《あや》めるその感触と共に――自分のものではない記憶が、ガイの頭に流れ込む。

「——いいの？　本当に、それで」

背中が目の前にある。時を進めることさえ禁じられた、余りにも小さく弱々しい背中が。

「最初に呪術の道に誘ったのはわたしだよぅ。……でも、よく考えて。君には魔法植物学の分野で大きな才能がある。その道で研鑽《けんさん》を重ねれば、いつか大きな成果に辿《たど》り着《つ》くことだってあるかもしれない。歴史上の偉大な魔法使いたちと肩を並べられる日が来るかもしれない。

呪者になるっていることは、その可能性の大半を捨てることだよぅ。きみの人生を照らすはずだった光に背を向けて、どこまでも暗くて冷たい地の底に降りること。……それを余さず理解した上で、君は——本当に、呪者になりたい？」

すぐに頷《うなず》きたがる気持ちを抑えて、その問いを今一度嚙《か》みしめる。再考を促すダヴィド先生の顔が頭に浮かぶ。……あの人には不義理を働いたと思う。あんなにも自分を買ってくれた相手から、多くを教えて授けてくれた恩師から、その全てを持ち逃げに去るのだから。

その上でなお、躊躇《ためら》いは浮かばない。自分の中で定まった意思を口にする。小さな背中が揺れる。まるで暗闇の中で泣いている子供のようだと思う。

「……そっか。…………うん、分かった。ごめんねぇ、試すようなこと訊《き》いちゃって。きみはずっと前からそう言ってくれてたのにねぇ。……変だよねぇ、わたしは。相手が躊躇《ためら》っているうちは引きずり込もうとするのに、いざ来てくれると分かると途端に怯《ひる》んじゃうんだから」

自嘲を挟んで彼女が振り返る。白く青ざめた顔に笑みを浮かべている。いつものそれより、今日は少しだけ力がない。

「でも、それも本当におしまい。約束通り、きみは今日からはわたしの直弟子。……喜んじゃ駄目だよぅ。世界でいちばん穢《けが》れた魔女に魅入られたきみは、きっと世界で二番目に可哀《かわい》そうな子」

そう伝えた上で再び背を向ける。笑みを取り繕える限界が来たのだろう。続きをまた背中で語る。長く接するうちに理解していた。呪者としてではない言葉を伝える時、彼女はいつもそうするのだと。

「だから、お願い。死ぬ時は、ちゃんとわたしを呪ってね。恨んで憎んで蔑み尽くして。きみには誰よりもその権利がある。

……間違っても、想《おも》ったりしないで――」

記憶が終わる。それを受け取る。彼が愛した全て。その命を走らせた全てを。

「……バルディア……先生……。……あなたの……重荷を――……」

最期《さいご》の言葉が掠《かす》れて消える。刃を引き抜くと同時に呪文の効果が切れ、落下が始まる。名残の寂しさを胸に抱き、呪いで繋《つな》がれた兄と共に、大きな虚《うつ》ろの中をガイが落ちていく。

「「「勢い減じよ《エルレタダウス》！！！」」」

その道行きが、生者と死者で無情に分かたれる。オリバーたちの放った呪文が彼の落下を減速し、ロンバルディの亡骸《なきがら》だけがそのまま空洞の底へと離れていく。それを最後に一瞥《いちべつ》して視界から外す。続けて呪文の圧が横向きにガイを押し、その体をリーベルトが造った壁面沿いの足場へと着地させる。

即座に友人たちが駆け寄って来る。その全員へ向けて、微動だにせぬ仰向けのまま、まっすぐ上空を睨《にら》んでガイは叫ぶ。

「寄んな！　――始まんぞ！」

警告を追って、全身から怒涛《どとう》のように「それ」が流れ込む。灼熱《しゃくねつ》とも極寒とも付かない凄絶な感覚に苛《さいな》まれたガイの口が肺の空気を残らず絞り出す。視界が明滅し、呼吸を忘れる。体内で渦巻くモノが、彼からそれに苦しむ以外の一切を奪い取る。

「……おッ……！　……ぐぎ……あがッ……！」

「ガイ――！」「ガイ、俺の声を聞け！　己を見失うな！」

苦悶《くもん》する友人へと、上の足場から飛び降りてきたオリバーたちが一斉に駆け寄る。大量の呪詛《じゅそ》による異変はガイの内側に留まらず、溢《あふ》れたそれが周囲で暴風を伴って荒れ狂う。制御の限界を大幅に超えたことはその光景からすでに見て取れた。事前に決めてあった通りにオリバーがそこへ踏み出す。

「……限界だ！　俺から行く、後は任せ――」

言いかけた彼の隣をひとりが迷わず駆け抜けていく。カティである。自分が最初に行くと、話が決まった時点でそう胸に決めていた彼女が誰よりも先んじる。オリバーがすぐさまその後を追う。

「――カティ……！」

「我らも！」「ええ！」

「死ぬなよ、ガイ――！」

ふたりと比較して位置が遠かったナナオ、シェラ、ピートの三人も全力でそこへ駆けていく。暴風の中を突き進んだカティが残り数歩のところまでガイに迫る。愛《いと》しい相手の苦悶《くもん》の表情がすぐそこにある。もう何も考えない。ただその苦しみを共有できる瞬間を待ち焦がれ、

「――――え？」

その眼前に、誰かがまっすぐ降り立つ。彼女よりもずっと背の高い、けれど三年生の制服を着た女生徒。減速呪文すら最低限以下に抑えた着地のために両脚の骨が数か所で折れ――だが、本人は少しも気にならない。

迷わず行動に移る。カティの目の前で身を屈《かが》めてガイに覆《おお》い被《かぶ》さり、苦悶《くもん》に歪《ゆが》むその唇へ自分の唇を重ねる。接吻《キス》による呪詛《じゅそ》の共有。呪者ならずとも呪いの移動を意識的に行う、それは

もっとも簡易にして強力な手段。凍り付いたカティの前で時が流れる。一度に流し込める限界まで呪詛《じゅそ》を引き取ったところで、彼女が唇を離して微笑《ほほえ》みかける。

「……少しは……楽に、なりましたか……先輩……」

「…………リ……タ…………？」

眼前にある後輩の面影に、夢とも現とも分からぬままガイがその名を呼ばわる。リタの目に涙が浮かぶ。苦痛を遥《はる》かに上回る充足が彼女の胸を温かく満たす。

「……良かった……来て……これだけは……わたしが、いちばん……先……」

譫言《うわごと》のようにそう呟《つぶや》いて、すぐさま再び接吻《キス》へと没入する。そこに至ってようやくカティが我に返る。出遅れて呆《ほう》けている場合ではない。今のガイが抱える呪詛《じゅそ》は、三年生ひとりが預かって済むような量では断じてない。

「は――離れて、リタちゃん！　それ以上はダメ！　あなたのほうが――！」

「**我が手に来たれ《ドウーケレ》！**」

呼びかけながら肩を摑《つか》んだカティの隣から、オリバーの呪文が有無を言わさず後輩を引き剝がす。そうでもしなければ離れないと確信しての強硬措置だった。すでに半ば意識を失っていたリタが抵抗もなくオリバーに受け止められ、その姿を横目に見送ったカティが改めてガイへと覆《おお》い被《かぶ》さる。

「……ごめん……！　……いくよ、ガイ！」

そうして覚悟の接吻《キス》に及ぶ。重ねた唇から流れ込む呪詛《じゅそ》の苦痛に耐えながら——心の片隅で、これはどちらの唇の味だろうと詮無いことを考える。今しがたの光景が望みもしないのに脳裏に浮かび、それを頑《かたく》なに振り切るようにして彼女は行為に集中する。限界が近付いてもまだ止まれない。叶《かな》うのなら根こそぎ受け取りたい。それが叶《かな》わずとも——さっきの後輩のそれよりも短い時間で切り上げることだけは、彼女の中の何かが断じて許容しない。

「もう離れろ、カティ！ ……**我が手に来たれ**《ドウーケレ》**！**」

その背中にリタと同様の気配を感じ取り、オリバーがやむなく同じ呪文で友人を引き剝がす。入れ替わりで駆け寄ったシェラが努めて冷静にガイの容態を確認する。……呪詛《じゅそ》は後遺症にも繫《つな》がり得る脅威であって、次々と引き取ればいいような話ではない。重要なのは彼の許容量を踏まえた判断の見極めだ。

「……どうだ⁉」

「……ダメです！ 多少は持ち直しましたが、まだ安定しませんわ！ 残りはあたくしが——」

「なら今度こそ俺だ！ 後は頼む！」「待たれよ、先に拙者が！」

「後の運びやすさを考えてボクが——」

「ぎゃあぎゃあうるさいっ！」

順番争いを攫《さら》って怒鳴り声が響き、四人が驚いてそちらを振り向く。仲間にリスクを負わせたくないばかりに先を取り合っていた彼らだが、そこに割って入ったのは思いも寄らない人物だった。同学年のアニー＝マックリー。剣花団の面々にとって忘れ得ない入学パレード、そこでカティに最初の受難を与えた張本人。

「……借りがさぁ、あんのよ。借りが。……分かる？　このやるせなさ……」

処理しきれない感情にひくひくと顔を引《ひ》き攣《つ》らせながらマックリーが言う。無論、誰にも分からない。彼女とガイの間にあった交流を四人は誰も知らない。その性格故の譲れない拘《こだわ》りが、今は誰よりも彼女自身を縛り付けていることも。

困惑するオリバーたちを押し退けてマックリーがガイに詰め寄る。捕食もさながらにその体へ覆《おお》い被《かぶ》さったところで、ガイの瞳がぼんやりと彼女の顔を見返す。

「……マックリー……？」

「……これでキッチリ帳消しよ。……お釣りの分は……死ぬまで感謝しろ！」

脅迫じみた宣言と共に、目を固く閉じて唇を重ねる。オリバーたちが唖《あ》然《ぜん》とその光景を凝視する。ここまで理解を越えた出来事は入学まで遡ってもそう多くない。努めて彼らの視線を意識から外しながらマックリーが呪詛《じゅそ》の受け取りに集中する。これまでのふたりと違って厳密かつ正確に限界手前を見極めた上で、彼女はそれを打ち切りぷはぁと顔を上げた。

「……はーっ、はーっ……。……おらぁ……どうよ、これで……！」

擦り切る勢いで口を袖で拭い、それで最後の気力を使い果たしたマックリーが仰向けに倒れ込む。見届けたオリバーたちが一瞬の忘我を経てガイへ視線を戻し、慌てて呼びかける。

「――ガイ、どうだ！　呪詛《じゅそ》の制御は――」

「……なんとか落ち着いた、けどよ……誰か、教えろ……何起こってたんだ今……」

混乱の極みで目を白黒させながらガイが問う。容体の安定を見て取ったオリバーたちが盛大に安堵《あんど》の息を吐き、続けて呪詛《じゅそ》を受けた面々の苦痛を緩和するための応急処置に移っていく。その段階で駆け付けた他の生徒たちも救護に加わり、意識を失ったリタのもとにも間もなくディーンたちが駆け付けた。同じ名目でマックリーの傍《かたわ》らにしゃがみ込んだロッシが、その顔を見つめながらにやにやと笑みを浮かべる。

「見直したわ、Ms《ミズ》．マックリー。ええキスやったで」

「……死ね……」

ろくに動かない体からマックリーが迷わず殺意を放ってのける。それを聞いたオルブライトがくっと笑い、アンドリューズまでもがひそかに口元を押さえた。――あるいはこの瞬間。もっとも従来の印象を塗り替えたのは、他でもない彼女だったかもしれない。

本格的に脅威が去ったことで四年生たちの緊張も多少は緩む。後は上級生の到着を待って校舎に引き上げるばかりか――そんな流れになりかけた場の雰囲気を、そこで頭上から響いた揺れと震動が一気に引き戻す。

「……待て。なんだ、この音は――」

杖剣《じょうけん》を構え直したオルブライトが呟《つぶや》く。その声の後を追って、大空洞の天井から黒く濁り切った水が一挙に溢《あふ》れ出《だ》した。滝と化して流れ落ちてくる大水から負傷者を連れて逃れながら、その性質を最初に見て取ったオリバーとシェラが声を上げる。

「……地下水だ！　それも呪詛《じゅそ》混じりの――！」

「皆、早く上に戻って！　触れてはなりません！」

その警告を耳にした生徒たちがすぐさま行動に移る。大多数は箒《ほうき》で高い場所へと逃れ、負傷者を連れたチームはそのサポートを受けながら足場を駆け上った。ガイとカティを背負って大空洞の底で嵩《かさ》を増していく汚染水からひとまず距離を取った上で、オリバーたちは目の前の現象を改めて分析する。

「Mr《ミスター》.ロンバルディが巨大樹の下に蓄えていたものか……⁉　二層の水場が汚染されていないと思ったら、こんなところにしわ寄せが……！」

「……まずいぞ、これ。流れ込んでくる水が猛烈な勢いで空洞を満たしていってる。逃げようにも来た道がその通り道だ。下手をすれば先輩たちも巻き込まれてて、そうじゃなくても足止めされてる見込みが高い……」

「……地下水の量が空洞の容量以下であればいずれ収まります。けれど、もしそれを上回っていた場合は……」

最悪の予想に全員の表情が張り詰める。単なる水であれば大した脅威ではない。魔法使いなら水中での生存は何とでもなるのだから。問題はそれが呪詛《じゅそ》に染まっていることだ。水は全ての生命の源。よって汚染水に触れただけで呪詛《じゅそ》は伝染り、対策もなく長時間身を浸せばそれだけで重篤な状態になり得る。

呪文で地形を掘って避難所を設けることはひとまず可能だが、そこから汚染水の中を通っての脱出は極めて難しく、救助を待つにしても相当の時間を待つことが予想される。そこまで考えたところで横たわるガイとカティに目を向けて、こみ上げる焦《あせ》りにオリバーが歯嚙《はが》みした。……呪詛《じゅそ》に重く侵された生徒を複数抱える今の状況下で、そんないつ終わるとも知れない待機状態に立たされる。それだけは断固として避けたい――。

「――ふぅん？　もしかして大ピンチというやつかな、これは」

そんな思考を割って、まるで緊張感のない声が真横から響く。オリバーたちがぎょっとして振り向いた。そこに立っていたのは近頃のキンバリーをざわつかせる新任教師、あの〈大賢者〉ロッド＝ファーカーその人だった。

「――ファーカー先生⁉」「あなた、いったい何処《どこ》から――」

「普通に下って来ただけだけど？　しかし酷《ひど》いな、こんな危険な場所に生徒を行かせるなんて。僕ならとても考えられない」

周りの様子を眺めながら呆《あき》れてファーカーが言ってのける。呆然《ぼうぜん》とするオリバーたちの前で悠然と白杖《はくじょう》を手に取り、〈大賢者〉はその流れのまま動き始める。

「まぁ順番に片付けようか。とりあえず呪詛《じゅそ》を受けた子からだね。――さ、こちらにおいで」

横たわるガイとカティに向かってそう呼びかける。無論、身動きがままならない両者に対しての求めではない。対象はその内側にあるもの。招かれた呪詛《じゅそ》が黒い靄《もや》となってふたりの体から立ち上り、それが空中を漂ってファーカーの体へと吸い込まれていく。

「……あ……？」「……体、軽くなって……」

復調を感じたガイとカティがきょとんとして上体を起こす。そのうちガイのほうへ視線を向けて、ファーカーは少し意表を突かれたように声を上げる。

「おや、君のは引き取り切れないね。僕に移りたくないほど器として気に入ってるらしい。……ふーん……まぁ大事にすればいいんじゃない？　ちょっと腹立たしいけどさ」

立ち尽くすオリバーたちの前でやや不満げに言って身をひるがえし、そのままひょいと箒《ほうき》の上に立つ。それで空洞内を自在に移動しながら、ファーカーは負傷者を抱えた残りのチームへ次々と処置をして回った。突然の回復に驚くリタ、マックリーを残して箒《ほうき》で移動すると、〈大賢者〉はすでに大空洞の三分の一を満たしつつある大量の汚染水へと視線を下ろした。

「次はあっちだね。何とでもなるけど、まぁシンプルにいこうか。――**膨らみ包め**《インフレルブツラ》」

呪文の泡で全身を丸く包んだ上で、ファーカーはそのまま汚染水の中へとまっすぐ身を沈めていく。オリバーたちがそれを無言で見守っていると、ほどなく大きな音を立てて水面が渦を巻き始めた。伴って見る間に水嵩《みずかさ》を減らしていく汚染水の様相に、ガイがぽかんと口を開く。

「……何してんだ、あれ……」

「……おそらくだが、地形を組み替えている。空洞の更に下に巨大な貯水槽を用意しているんだ。流れてくる汚染水がそこへ抜けるように……」

馬鹿げた話と思いながらも他には考えられず、オリバーが分析を口にする。隣で頷《うなず》いたシェラが戦慄を顔に浮かべて言葉を続ける。

「……桁外れですわね。崩落させないための構造強度も計算に入れながら――となると、魔法建築に長じた魔法使いが数人で手掛けても数週間は要する大工事です。それをこの場で即座に、それも呪詛《じゅそ》混じりの水に潜りながら……」

オリバーも険しい表情で頷《うなず》く。――加えて、ガイたちから離れた呪詛《じゅそ》も決して消えたわけではない。それらはあくまでファーカーという新たな器に移ったに過ぎず、呪いに冒されている立場は今の〈大賢者〉とて同じだ。だというのにそれが問題にならないのは、その器が余りにも大き過ぎるから。数人で分けて尚《なお》ガイたちを苦しめた大量の呪詛《じゅそ》も、ファーカーにとっては無視できる程度の微量に過ぎない。

あらゆる面でスケールが違う。あれがキンバリーの教師陣と同格の魔人であるのだと、彼らは改めてその事実を思い知る。過去にダリウス、エンリコ、デメトリオの三名を闇に葬《ほうむ》ったオリバーですら、〈大賢者〉の実力の底はまるで見て取れない。敵には回したくないと心底から思った。それが儚《はかな》い望みだとは重々知りながらも。

「──うん、こんなところだね。上級生については心配しなくていいよ。誰も流れて来ないってことは上手《うま》く逃れちゃいるんだろう」

大工事を終えて浮上したファーカーが上の生徒たちへ向けてそう告げる。同時に、その腕が抱える体の姿にもオリバーたちは気付いた。先ほど激戦の末に仕留めたロンバルディのものだ。呪根から切り離されてひとりの人間に戻った亡骸《なきがら》に、ファーカーは優しく微笑《ほほえ》みかける。

「可哀《かわい》そうに。……寂しかっただろうね、君も」

そう呟《つぶや》いてぎゅ──と頭を抱き締める。同じ光景にオリバーたちが息を呑《の》む。授業での振舞いに増して、それはキンバリーの教師としては考えられない行動だ。が、同時にオリバーは思わざるを得なかった。何も間違えてはいないと。同時に嫌な想像が頭に浮かぶ。この魔境の水に染まった自分たちこそが狂っていて、その中であの教師だけが正気なのだとすれば──。

「この子の他に死人はいないんだね？　厳しい状況だったろうに、そりゃ大したものだ。──さて、それじゃあ戻ろうか。帰りは何も心配しなくていいよ。何しろ〈大賢者〉が引率するんだからね。これより安全な旅はこの世のどこにもないさ──」

ファーカーが明るく告げて生徒たちに微笑《ほほえ》みかける。それを拒む理由は自分たちに何もなく、だからこそ恐ろしいと──心の底から、オリバーはそう思った。

〈了〉

あとがき

こんにちは、宇野朴人《うのぼくと》です。……かくして、四年目も大賑《おおにぎ》わいの幕開けとなりました。

異端狩り本部より派遣された外来の魔人、〈大賢者〉ロッド＝ファーカー。大胆にして不遜なその振る舞いは、三人の教師を失ったキンバリーにさらなる波紋を呼びます。時に校風そのものを否定してのける言動の奥には果たして何が潜むのか。相手が相手だけに、その見極めもまた至難を極めることでしょう。

並行して剣花団の内部にも変化が起こります。共に大きな決断に踏み切ったピートとガイ、それを受けて翻弄されるオリバーやカティの心。周りの後輩たちも黙ってはおらず、どこに目を向けても各々《おのおの》の切実な想《おも》いがあるばかり。それらを踏まえて関係性をどのように組み上げるか――今後の彼らは、否応《いやおう》なく頭を悩ませることになるでしょう。

ひとつ山場を越えたとて努々《ゆめゆめ》油断はなさらぬよう。上級生として過ごすキンバリーの日々は、これまでとは一味も二味も違うのですから。

◉宇野朴人著作リスト

「神と奴隷の誕生構文《シンタックス》I〜III」(電撃文庫)
「ねじ巻き精霊戦記　天鏡のアルデラミンI〜XIV」(同)
「七つの魔剣が支配するI〜XII」(同)
「七つの魔剣が支配する　Side of Fire　煉獄の記」(同)
「スメラギガタリ壱・弐」(メディアワークス文庫)

本書に対するご意見、ご感想をお寄せください。

ファンレターあて先
〒 102-8177　東京都千代田区富士見 2-13-3
電撃文庫編集部
「宇野朴人先生」係
「ミユキルリア先生」係

本書は書き下ろしです。

電撃文庫

七《なな》つの魔剣《まけん》が支配《しはい》するXII

宇野朴人《うのぼくと》

2023年7月10日　初版発行

発行者　山下直久
発行　株式会社KADOKAWA
〒102-8177　東京都千代田区富士見2-13-3
0570-002-301（ナビダイヤル）
装丁者　荻窪裕司（META＋MANIERA）
印刷　株式会社暁印刷
製本　株式会社暁印刷

ISBN978-4-04-915077-3　C0193　Printed in Japan

電撃文庫　https://dengekibunko.jp/

電撃文庫創刊に際して

文庫は、我が国にとどまらず、世界の書籍の流れのなかで〝小さな巨人〟としての地位を築いてきた。古今東西の名著を、廉価で手に入りやすい形で提供してきたからこそ、人は文庫を自分の師として、また青春の想い出として、語りついできたのである。

その源を、文化的にはドイツのレクラム文庫に求めるにせよ、規模の上でイギリスのペンギンブックスに求めるにせよ、いま文庫は知識人の層の多様化に従って、ますますその意義を大きくしていると言ってよい。

文庫出版の意味するものは、激動の現代のみならず将来にわたって、大きくなることはあっても、小さくなることはないだろう。

「電撃文庫」は、そのように多様化した対象に応え、歴史に耐えうる作品を収録するのはもちろん、新しい世紀を迎えるにあたって、既成の枠をこえる新鮮で強烈なアイ・オープナーたりたい。

その特異さ故に、この存在は、かつて文庫がはじめて出版世界に登場したときと、同じ戸惑いを読書人に与えるかもしれない。

しかし、〈Changing Times,Changing Publishing〉時代は変わって、出版も変わる。時を重ねるなかで、精神の糧として、心の一隅を占めるものとして、次なる文化の担い手の若者たちに確かな評価を得られると信じて、ここに「電撃文庫」を出版する。

1993年6月10日
角川歴彦

電撃文庫DIGEST　7月の新刊

発売日2023年7月7日

青春ブタ野郎はサンタクロースの夢を見ない

著／鴨志田 一　イラスト／溝口ケージ

「麻衣さんは僕が守るから」「じゃあ、咲太は私が守ってあげる」咲太にしか見えないミニスカサンタは一体何者？　真相に迫るシリーズ第13弾。

七つの魔剣が支配するXII

著／宇野朴人　イラスト／ミユキルリア

曲者揃いの新任講師陣を前に、かつてない波乱を予感し仲間の身を案じるオリバー。一方、ピートやガイは、友と並び立つためのさらなる絆や力を求め葛藤する。そして今年もまた一人、迷宮の奥で生徒が魔に呑まれて——

デモンズ・クレスト2 異界∽顕現

著／川原 礫　イラスト／堀口悠紀子

《悪魔》のごとき姿に変貌したサワがユウマたちに語る、この世界の衝撃の真実とは——。『SAO』の川原礫と、人気アニメーター・堀口悠紀子の最強タッグが描く、MR（複合現実）×デスゲームの物語は第2巻へ！

レプリカだって、恋をする。2

著／榛名丼　イラスト／raemz

「しばらく私の代わりに学校行って」その言葉を機に、分身体の私の生活は一変。廃部の危機を救うため奔走して。アキくんとの距離も縮まって。そして、忘れられない出会いをした。《大賞》受賞作、秋風薫る第2巻。

新説 狼と香辛料 狼と羊皮紙IX

著／支倉凍砂　イラスト／文倉 十

八十年ぶりに世界中の聖職者が集い、開催される公会議。会議の雌雄を決する、協力者集めに奔走するコルとミューリ。だが、その出鼻をくじくように“薄明の枢機卿”の名を騙るコルの偽者が現れてしまい——

わたし、二番目の彼女でいいから。6

著／西 条陽　イラスト／Re岳

再会した橘さんの想いは、今も変わっていなかった。けど俺は遠野の恋人で、誰も傷つかない幸せな未来を探さなくちゃいけない。だから、早坂さんや宮前からの誘惑だって、すべて一過性のものなんだ。……そのはずだ。

少年、私の弟子になってよ。2 ～最弱無能な俺、聖剣学園で最強を目指す～

著／七菜なな　イラスト／さいね

決闘競技〈聖剣演武〉の頂点を目指す師弟。その絆を揺るがす試練がまたもや——「識ちゃんを懸けて、決闘よ！」少年を取り合うお姉ちゃん戦争が勃発!?　年に一度の学園対抗戦を舞台に、火花が散る！

あした、裸足でこい。3

著／岬 鷺宮　イラスト／Hiten

未来が少しずつ変化する中、二斗は文化祭ライブの成功に向け動き出す。だが、その選択は誰かの夢を壊すもので。苦悩する二斗を前に、凡人の俺は決意する。彼女を救おう。つまり——天才、nitoに立ち向かおうと。

この△《さんかく》ラブコメは幸せになる義務がある。4

著／榛名千紘　イラスト／てつぶた

再びピアノに向き合うと決めた凛華の前に突然現れた父親。二人の確執を解消してやりたいと天馬は奔走する。後ろで支えるのではなく、彼女の隣に並び立てるように——。最も幸せな三角関係ラブコメの行く末は……！？

新作 やがてラブコメに至る暗殺者

著／駱駝　イラスト／塩かずのこ

シノとエマ。平凡な少年と学校一の美少女がある日、恋人となった。だが不釣り合いな恋人誕生の裏には、互いに他人には言えない『秘密』があって——。『俺好き』駱駝の完全新作は、騙し合いから始まるラブコメディ！

新作 青春2周目の俺がやり直す、ぼっちな彼女との陽キャな夏

著／五十嵐雄策　イラスト／はねこと

目が覚めると、俺は中二の夏に戻っていた。夢も人生もうまくいかなくなった原因。初恋の彼女、安芸宮羽純に告白し、失敗したあの忌まわしい夏に。だけど中身は大人の今なら、もしかして運命を変えられるのでは——。

新作 教え子とキスをする。バレたら終わる。

著／扇風気 周　イラスト／こむぴ

桐原との誰にも言えない関係は、俺が教師として赴任したことがきっかけにはじまった。週末は一緒に食事を作り、ゲームをして、　恋人のように甘やかす。バレたら終わりなのに、その意識が逆に拍車をかけていき——。

新作 かつてゲームクリエイターを目指してた俺、会社を辞めてギャルJKの社畜になる。

著／水沢あきと　イラスト／トモゼロ

勤め先が買収され、担当プロジェクトが開発中止！？　失意に沈むと同時に、“本当にやりたいこと”を忘れていたアラサーリーマン・蒼真がギャルＪＫにして人気イラストレーター・光莉とソシャゲづくりに挑む!!

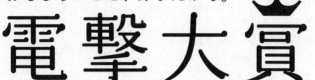